Joel och
Handskeryds grå pantrar

Lars Matsson

Joel
och Handskeryds grå pantrar

Förlag: BoD · Books on Demand, Östermalmstorg 1,
114 42 Stockholm, Sverige, bod@bod.se
Tryck: Libri Plureos GmbH, Friedensallee 273,
22763 Hamburg, Tyskland

ISBN: 978-91-8080-991-7

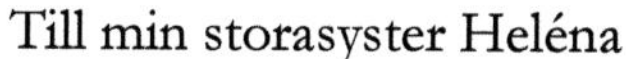
Till min storasyster Heléna

Kapitel 1

Januari 1988

Det har snöat över Nässjö i natt och plogbilen har som vanligt lagt upp en rejäl snövall utanför uppfarten till huset. Väggalmanackan visar 12:e januari – fotoklubbens utgåva av anno 1988. Anno! Det gamla ordet dyker oväntat upp i skallen. Det döljer sig uppenbarligen en hel del därinne, det mesta rester av gångna år. Det är tyst i huset på Södra Skogsvägen. Snön dämpar ljudet från bilarna som far förbi.

"Det blev tomt efter att Linnea gått bort", säger jag högt för mig själv.

Det lättar med tiden sa vännerna uppmuntrande efter begravningen, de flesta utan egen erfarenhet. Lättare blev det inte. Men man hittar nya rutiner och får en rytm i vardagen, och med lite hjälp från andra har jag lärt mig att klara mig hyfsat bra. I förra veckan ringde jag svärdottern och fick tips om hur man bakar mandelkubbar och igår gjorde jag ett första försök. Inte lika goda som Linneas, men tillräckligt bra. Känslan att klara vardagssysslorna känns uppmuntrande. Man får försöka gilla läget, som man säger.

Jag får erkänna att jag inte har varit särskilt delaktig i skötseln av hemmet. Det slår tillbaka nu. Antar att jag är av den gamla generationens män, bortskämda av välmenande mammor. Men jag vill inte skylla på mor Hanna, jag tog nog inte många egna initiativ till att hjälpa till. Om man undantar att hämta in ved från vedboden och vatten från pumpen, det var mitt och brorsans jobb.

Och senare här i hemmet förlitade jag mig helt på Linnea. Hon skötte barnen och hushållet.

Att man var lat och ointresserad under uppväxten och oföretagsam i hemmet slår tillbaka nu, när man ska försöka reda sig själv på gamla dar.

Särskilt har matlagningen varit en utmaning, här var Linnea en mästare. Jag märkte hur hon medvetet invigde vår grabb i matlagning och allehanda vardagssysslor utan att han själv märkte det. När vi hälsade på hos honom för några år sedan upptäckte vi, till Linneas belåtenhet, att han stod och strök sina skjortor. Också det har jag nu fått lära mig att själv hantera hjälpligt. Ibland fuskar jag och stryker bara det som syns under kavajen.

Jag tänker att Linnea nog tyckte att det var för sent att satsa på mig, såväl vad gäller strykning som matlagning.

Men det är inte den goda maten jag saknar mest när jag tänker på livet med Linnea, nej det är den där makliga samvaron, där vi kunde gå omkring i huset, småpratande om ditt och datt för att sedan sitta tysta under långa stunder. Vi var bra på att vara tysta tillsammans. Men även tystnad avnjuts bäst i sällskap.

Förmiddagskaffe, eftermiddagskaffe och gärna en kopp framför TV:n på kvällen. Den gemensamma vardagslunken är nog det jag saknar mest.

Men nu får jag gaska upp mig och inte sitta här och tycka synd om mig själv. Jag har barn och barnbarn som jag kan glädjas åt, jag har en tillräckligt bra pension och ett hus som kräver omsorg. Men det var trivsammare när vi var två, det är då säkert.

Jag får nog gå ut och skotta undan den där snövallen så det går att komma ut med bilen, tänker jag och går ut i hallen för att hitta lämpliga kläder för vinterkylan. Bara inte Nilsson längre bort på gatan kommer förbi med sina förnumstiga kommentarer och råd. En riktig besserwisser är han. Stannar gärna till när han är ute och vallar sin fåniga lilla hund.

Förra vintern var jag tvungen att gå upp och skotta ner snön på taket. Kämpade på med snösläden. Ett styvt jobb för en 79-åring.

”Du skulle inte ha satsat på ett hus med platt tak Joel. Jag valde ett bättre, så jag gjorde”, ropade Nilsson från gatan med sitt allra självsäkraste leende. Och med den karakteristiska förstärkningsbisatsen på slutet som verkar vara karakteristiskt för Nässjöbor.

Den gången var det nära att de fick en skopa snö över sig, han och den fula hunden. Han som inte hade mer fantasi än att välja ett fabriksbyggt standardhus, antagligen från Eksjö, kan jag inte avhålla mig från att tänka.

Okey, det kräver lite mer jobb när snötäcket växer på taket, men mitt hus är snyggare och jag har ritat det själv med hjälp av en arkitekt jag känner i Stockholm. Och själva uppförandet var jag i högsta grad delaktig i, jag har ju i stort sett hela livet jobbat med att bygga och inreda hus. Idén till panelen under fönstren har jag knyckt från framsidan av radiogrammofonen i vardagsrummet. Ganska snyggt, om jag får säga det själv.

Snöskottningen avlöpte utan inblandning och när jag kommer in känner jag mig uppiggad av den friska luften och lutar mig belåtet tillbaka i fåtöljen.

Jag har märkt under senare tid, att mina tankar allt oftare söker sig bakåt till barndomen och till min uppväxt i det lilla fabrikssamhället i Västergötland. Tänk vad mycket som hänt i världen under mina 80 år. Och vad mycket man har fått vara med om. Bara några år innan jag föddes hade bröderna Wright gjorde sin första flygtur, och för några år sedan kunde jag bevittna i TV hur amerikanarna landade på månen. TV förresten, första gången jag såg på TV var på KFUM på Rådhusgatan, där ett femtiotal personer satt i en samlingssal och tittade på en liten ruta långt framme på scenen. Nu har alla TV därhemma, förstås även jag.

Och två världskrig har jag upplevt, om än i ett land som sluppit lindrigt undan. Jag glömmer aldrig när jag som 6-åring hörde de ödesmättade kyrkklockorna på andra sidan sjön i hembyn ringa för krig. Det var 1914. Och samma fasansfulla känsla upplevde jag när jag och Linnea gick uppe i Isåsa-skogen och plockade lingon och hörde den ihållande klockringningen då andra världskriget bröt ut, nygifta och med planer på att skaffa barn.

1914

Joel och hans kamrater stannade upp i leken när de hörde hur kyrkklockorna i Sandhems kyrka på andra sidan sjön började ringa. Mitt på förmiddagen!

”Konstigt att de ringer i kyrkan hela tiden”, undrade Harald, Joels bäste vän. ”Det är ju vardag.”

”Det är kanske begravning”, svarade Joel, som hört av sina föräldrar att när det ringer i kyrkan är det antingen gudstjänst eller begravning.

När de stod där såg de en man komma springande på grusvägen utanför huset, bort mot järnvägen.

”Varför har han så bråttom?”

De följde nyfiket efter lite långsamt. För ett par 6-åriga grabbar var det spännande att kyrkklockorna ringde så här ihärdigt, samtidigt som en främmande man kom springande förbi. Mannen stannade vid järnvägsstationen.

”Han spikar upp ett papper”, sa Joel. ”På väggen utanför stationen.”

När mannen hade satt upp sitt anslag, försvann han samma väg han kom med sin hammare och sin bunt papper, tillbaka in mot samhället. Snart samlades en grupp människor vid stationen och läste gestikulerande meddelandet. Någon sprang över järnvägen in på fabriken och det dröjde inte länge förrän ångvisslorna på fabriken börjar tjuta, som de annars bara gör när det är middagsrast eller när arbetsdagen är slut. Men idag hördes en ihållande signal som olycksbådande blandades med klangen från kyrkklockorna.

”Så länge brukar dom aldrig tjuta”, sa Joel. ”Först kyrkklockorna och nu fabriksvisslan.”

Snart kom mammorna utspringande från Joels hus, som i folkmun kallades Ugglebo, och från de två grannhusen Eländet och Armodet, alla namnen en fingervisning om boendestandarden och statusen hos de tre snarlika husen. Husen hade egentligen det vackra namnet Ängsholmen, men det var det ingen som använde, inte ens de som bodde där.

Joels mamma, som låg på bryggan och klappade kläder när klockorna började ringa, kom springande med tårarna rinnande nerför kinderna. Hon förstod vilket budskapet var när hon hörde kyrkklockorna.

Man kunde på långt håll se hur rädda alla de vuxna var. När de annars så trygga mammorna uppförde sig så besynnerligt, började även barnen bli rädda och ett par småflickor kunde inte hålla tårarna borta. Alla förstod att något hemskt höll på att hända. Joel kom inte ihåg att han någonsin sett sin mamma gråta och nu insåg han på riktigt att det var allvar.

”Nu är kriget här”, sa mor Hanna.

De små barnen förstod inte innebörden i detta, men Haralds storebror visste. Han har hört de vuxna berätta vad som hade skett ute i Europa, hur en viktig person som skulle ärva Österrikes krona hade mördats tidigare på sommaren och att ryktet gick att det skulle bli storkrig.

”Nu är det allvar”, sa Haralds bror till smågrabbarna, med en myndighet som bara en storebror kan uppvisa. ”Jag har hört att Sverige snart kommer att dras in i kriget.”

För att skydda de skräckslagna barnen från oljudet från fabriksvisslan skickade Hanna barnen till fabriken där ljudet inte hördes lika högt som utomhus. Ångvisslorna tjöt i fem minuter, sen var de tysta i femton och så fem minuter igen. Så höll det på.

Alla papporna i de tre husen arbetade på fabriken, Sandhems Trävaro AB. Husen ägdes av fabriken och de små lägenheterna hyrdes endast ut till anställda. Kopplingen blev uppenbar när Joels familj längre fram skulle komma att kastas ut då sämre tider gjorde att fabriken avskedade de flesta av sina anställda, däribland Joels pappa och bror.

Inne i fabriken hördes ångvisslorna overkligt svagt och barnen lugnades för stunden. Att barnen utan problem släpptes in i fabriken var inte alls konstigt. Det hörde till att man kunde titta in och prata med sin far, och Joels storebror Hans, som var 12 år, fick till och med hjälpa till med enklare sysslor. När arbetet gick lite raskare tjänade pappa, som arbetade på ackord, mer pengar. Joel hade följt med Hans flera gånger och suttit och tittat på hur ångmaskinen drev sågklingorna och hur remmarna under taket snurrade ovanför maskinerna.

När barnen kom in i fabriken hade allt jobb avstannat. Ångmaskinen gick på lågvarv och gubbarna hade samlats i grupper för att diskutera var som var å färde. Mannen som hade skickats till stationen på andra sidan järnvägen för att läsa anslaget stod i mitten av en grupp och redogjorde för vad han läst. När barnen såg att också papporna blev upprörda kom rädslan tillbaka.

"Blir det krig på riktigt nu pappa?" undrade Joel.

Svenska regeringen meddelade offentligt att krig hade utbrutit på kontinenten genom att låta samtliga landets kyrkklockor ringa. Det var det historiskt brukliga sättet att få ut ett budskap till folk innan radion var uppfunnen. Fast nu hade telefonin utvecklats som kunde användas för att nå ut med information till olika myndigheter, och det var nog fjärdingsmannen som skickat ut mannen med anslagen på samhället. Först ett par dagar därefter skulle man kunna läsa i Falköpings Tidning om vad som hände nere på kontinenten.

Dagarna efter panikköpte befolkningen i städerna förnödenheter och snart tog varorna slut i affärerna. Bankerna fylldes av kunder som ville växla in kontanter mot guld eller ta ut sina besparingar. Livet i Sandhem var väsensskilt från det i städerna, och även om man förstod att det skulle komma svåra tider var det inte mycket man kunde göra åt det. Arbetarna i fabriken hade knappast några kontanter på banken att ta ut, och att ha ont om mat var man van vid.

Men den värsta paniken i landet lade sig när regeringen beslöt att förklara landet neutralt.

Joel fick alltså som sexåring uppleva skräcken som alla vuxna kände när man fick veta nyheten om krig. Han förstod naturligtvis inte fullt ut innebörden, men av de vuxnas reaktioner att döma höll något oerhört på att ske. Det var skrämmande för en liten grabb, men också spännande. Kanske var det spänningen och skräcken, och de vuxnas reaktioner, som skulle göra att minnet av krigsutbrottet följde honom livet ut.

Kapitel 2

Januari

Idag har jag hängt upp en fågelmatare i äppelträdet utanför vardagsrumsfönstret. Inte för att jag är speciellt intresserad av fåglar och definitivt inte kunnig, men nu har jag sett hur vinterfåglarna flyger runt och letar mat i snölandskapet och tänkt att jag får göra en insats. Har funderat en tid på att skaffa mig en sådan där sak som man hänger på en trädgren och igår var jag nere på Sundbergs Järnaffär och hittade en rund anordning med grönt tak. Sedan en sväng in på Domus där jag köpte fågelfrön i storförpackning.

Redan efter någon timma hade fåglarna hittat hit och nu ser jag några talgoxar slåss om maten. Jag trodde aldrig att jag skulle ha något nöje av att sitta och titta på småfåglar, men det är faktiskt riktigt underhållande. Särskilt talgoxarna är aktiva och man kan se hur vissa individer tar för sig mer än andra. Precis som vi människor.

Det märks att man är en gammal pensionär när det inte krävs mer av underhållning.

Igår talade jag med min gode vän Rolf i telefonen, också pensionär sedan ett tiotal år. Jag lärde känna Rolf bara några veckor efter att jag flyttat till Nässjö. Det var 1938, det vill säga året innan Linnea och jag gifte oss och flyttade in i lägenheten på Handskerydsvägen. Jag hade betalat in mig i ett matlag på Margaretaskolan på Storgatan, där stadens ungkarlar kunde äta både frukost, middag och kvällsmat till en billig penning. God och närande husmanskost. Jag bodde inackorderad och kunde inte laga mat hemma, så Margaretaskolan blev min räddning.

Rolf jobbade på Posten och kom från Malmbäck, så också han var hänvisad till matlaget. Vi fann varandra relativt omgående och det var Rolf som tog mig med på cykelturer och visade mig runt i stan. På sommaren cyklade vi bort till Adela udde vid Handskerydssjön och badade och på vintern lånade han ihop skidor till mig så vi kunde skida till Lövhult.

Efter sedvanlig genomgång av våra krämpor frågade jag vad han hittat på sen sist.

"Stressigt", svarade han. "Igår var jag på posten och i förrgår på ICA. Och i morgon ska jag till vårdcentralen. Man får vara försiktig så man inte blir utsliten."

Allting tar mycket längre tid när man är pensionär. Det Rolf hade fullt upp med på tre dagar, hade han klarat av på vägen hem från jobbet när han var yngre. Utan att man märker det går tempot ner. Det finns nog en högre tanke med att det är så.

Men det var igår. Nu går jag ett varv runt huset för att kolla att allt är i sin ordning. Tror ni inte att Nilsson med hunden råkar passera. Mannen som älskar sin egen röst. Han stannar som vanligt till för att kommentera något som inte faller honom i smaken. Idag är det vädret han klagar på och för en gång skull håller jag med honom. Det har varit kallt en längre tid och vi är överens om att önska värme. När han går ser jag att han sneglar mot min brevlåda som fått sig en törn av plogbilen och som jag ännu inte orkat räta upp. Nu rundar han av besöket med en syrlig kommentar, tänker jag. Men nej, för en gångs skull ligger han lågt.

Inga är min närmsta granne. Vi lärde känna varandra för länge sedan eftersom hon och hennes man, precis som vi, hade en kolonilott som de senare byggde hus på. Förutom att under sommarhalvåret utbyta odlingsråd över häcken, träffades vi då och då och småpratade över en kopp kaffe.

Linnea och Inga kom att bli nära vänner och i samband med att Ingas man gick bort träffades de särskilt ofta. Jag tror att Linnea under den perioden var ett viktigt stöd för Inga. Linneas godhet lever jag högt på, eftersom Inga verkar känna ett visst ansvar att ta hand om mig nu när Linnea gått bort.

Inga är en trygg person, handlingskraftig och med mycket bestämda åsikter, men också begåvad med en stor portion humor och en uppfriskande självironi. Det där med humor uppskattar jag särskilt, sura kärringar gillar jag inte alls. Inte sura gubbar heller, förresten. Inga har arbetat som sjuksköterska på lasarettet och där kom säkert hennes goda egenskaper väl till pass. Hon är mån om sitt utseende, modern kort frisyr och alltid välklädd, till och med när hon jobbar i trädgården. Och så går hon på yoga.

När jag och några andra pensionärer är hembjudna till Inga på kaffe startar hon alltid konversationen med några förhållningsregler.

"Hör upp alla! Nu anslår vi max fem minuter till att berätta om våra sjukdomar och max fem minuter till att gå igenom vilka i stan som dött sen sist. Sen kan vi tala om vädret eller vad som helst."

Inga styr alltså upp våra träffar och oftast går man hem lite mer positiv till sinnet än när man gick dit. Hon är bra på att pigga upp folk. Fast vi har nog aldrig lyckats hålla den avsatta tiden för sjukdomsgenomgång. Det klarar nog inga pensionärer.

Den lilla kärntruppen av gamlingar, Inga, Olivia och jag, envisas Inga med att benämna *Handskeryds grå pantrar*. Barnsligt namn tycker jag, men det håller jag tyst med. Vill inte äventyra att gå miste om hennes generösa kakfat.

Jag tittar till fågellivet och konstaterar att det råder fullt krig mellan talgoxarna. Nu har jag sjunkit ner i fåtöljen och det dröjer inte särskilt länge förrän jag är tillbaka i barndomen i tankarna.

Det är märkligt hur tydligt barnaåren framstår. Fram till pensioneringen ägnade jag knappast en tanke åt gamla tider, men nu på ålderns höst söker sig tankarna allt oftare bakåt. Det kan vara svårt att komma ihåg vad som hände igår, men det som jag upplevde för många år sedan träder fram desto tydligare.

”Det är det här med närminnet”, säger jag högt.

Sedan hejdar jag mig och tänker jag att jag måste se upp så jag inte börja gå omkring på stan och prata med mig själv. Denna dåliga vana har tilltagit efter att jag blev ensam.

Igår satt jag i fåtöljen och återupplevde dagarna då första världskriget bröt ut. Hur jag hamnade där i tankarna har jag ingen aning om, men i min ålder är backspegeln större än framrutan. Det är förresten inte är så konstigt att man tänker på krig. Så snart man öppnar Smålands Dagblad handlar det om krig och nöd i världen. Utöver frikyrkornas predikoturer, helgens bandyresultat och dödsannonserna, förstås.

"Dödsannonserna ja, vem av arbetskamraterna eller andra bekanta har gått bort sen förra veckan", säger jag högt och kommer direkt på mig att prata för mig själv igen.

Och bandyresultaten är lika sorgliga som dödsannonserna, fortsätter jag i mina tankar. Till alla Nässjöbors förtvivlan åkte Nässjö IF ur allsvenskan i år. Till råga på allt spelade Vetlanda BK seriefinal på Söderstadion i Stockholm, men som tur var förlorade de.

Fast det där var inte särskilt snällt tänkt. Kul att ett Smålandslag håller fanan högt, får man väl tillstå. Om jag minns rätt var det så länge sedan som på 50-talet som NIF spelade SM-final.

Jag har ett tydligt bandyminne av det mer udda slaget. Vintern 1949 var ovanligt varm. Landslaget skulle spela landskamp mot Finland och det fanns inte någon is att spela på i hela södra Sverige, utom på Handskerydssjön i lilla Nässjö. Detta var ju långt innan det fanns konstfrysta bandybanor. När Stockholms stadion inte klarade av att arrangera matchen gjorde man ett försök på Tinnerbäcksbadet i Linköping, men matchen fick avbrytas efter 2 minuter då isen brast och en måldomare hamnade i vattnet. Med en dags varsel arrangerade NIF matchen och 6000 Nässjöbor trängdes vid Handskerydssjöns strand, inklusive grabben min, som då bara var 4 år och satt på mina axlar. Bandy var stort i Nässjö. Man sa, att varje nyfödd pojke i stan fick en bandyklubba av sin far i dopgåva.

Krigsminnena som dök upp i huvudet igår startade en kedjereaktion i skallen. När jag tänker på kriget, flödar barndomsminnen emot mig.

Det är inte bara själva krigsutbrottet som jag som 6-åring tydligt minns, en rad andra händelser under krigsåren dyker upp. Det som hände ute i världen var hemskt, men även livet i det skyddade Sverige var hårt. Främst rörde det sig om matbristen, och mycket av mina föräldrars tid ägnades åt att skaffa mat på bordet.

1916

Joels familj hade det knapert och det var ett ständigt bry att få mat på bordet. Men det fanns de som hade det betydligt sämre. Joels pappa hade ju i alla fall ett fast jobb.

Men med kriget försämrades förhållandena för befolkningen drastiskt, mycket beroende på att importen av livsmedel ströps. De som bodde i småsamhällena ute i landet kunde hanka sig fram tack vare en god sammanhållning mellan familjerna och genom att flera hade släktingar med lantbruk som kunde hjälpa till med mat. Men i städer och större samhällen var läget kritiskt. Här drabbades befolkningen av arbetslöshet och prisstegringar, och många familjer fick vända sig till fattigvården och välgörenhetsföreningar.

Till råga på allt blev det missväxt, och bristen på spannmål ledde till och med till hungersnöd på flera håll. 1916 hade livsmedelsbristen gått så långt att mjölken bara räckte till barn och gamla. Folkhushållskommissionen fick införa ransoneringar, och socker var den första vara som krävde ransoneringskort. Snart behövdes ransoneringskort för de flesta livsmedel. När det var som värst var den sammantagna tilldelningen av bröd, gryn och mjöl nere i 200 gram per person och dag.

På våren utbröt demonstrationer på olika håll i landet och i Norrköping stormades livsmedelsbutikerna av kvinnor. I Stockholm utbröt våldsamma kravaller. Historikerna skriver att Sverige aldrig har varit så nära hungersnöd sedan svältåren på 1860-talet.

Naturligtvis var matbristen stor även för en arbetarfamilj i Sandhem och Joels föräldrar fick ägna mycket energi åt att få mat på bordet. En kväll kom August hem och berättade att han hade fått en vink om hur han skulle kunna komma över en säck havre. Havremjöl skulle vara välkommet för att dryga ut rågmjölet som var dåligt tilltaget på ransoneringskorten. En säck havremjöl skulle vara till stor hjälp för att mätta två hungriga grabbar.

"Men det är ju förbjudet", sa Hanna.

"Det får ske i lönndom, och på natten."

"Vad sker om Öberg upptäcker dig?"

Öberg bodde mitt i samhället, just där landsvägarna korsas och han var utsedd att vara uppsyningsman och livsmedelskontrollant under kriget. Han bevakade att ingen handlade svart och var känd för sin nitiskhet och för att inte lägga fingrarna emellan om man åkte fast. Han var granne med de han var satt att bevaka och hade satt fast flera fattiga arbetare med barn att försörja när de handlat mat i lönn. Han var således inte särskilt väl sedd i samhället.

Hanna och August diskuterade hela kvällen om man skulle våga ta chansen. Båda visste att svarthandel med matvaror var strängt förbjudet och straffet att bryta mot förordningen kunde bli kännbart. Till slut var man överens om att nöden krävde att man skulle bortse från riskerna.

August dröjde med nästa kommentar. Han visste att han skulle få mothugg.

"Jag måste ta med Joel", sa August.

"Vad säger du? Ska du riskera att pojken kommer till skada eller blir anhållen? Och om inte det värsta sker, så lär du ju honom att bryta mot lagen."

Hanna var den starkare av de två och var vanligtvis den som gick segrande ur diskussionerna i hemmet. Båda var djupt troende och Hanna hänvisade till de regler som kyrkan stod för. Men denna gång var August bestämd.

"Jag vet mycket väl vilka risker vi tar, men nöden kräver att något görs. Vi kan ju inte leva på bara potatis. Och Gud förlåter oss för det vi gör av nöd."

"Det skulle varit bättre att ha med Hans, han är ju stark och skulle kunna hjälpa till att dra hem säcken, men risken är stor att han röjer oss", fortsatte han.

Joels fem år äldre bror Hans hade insjuknat i hög feber när han just hade börjat skolan. Efter att ha legat på Falköpings lasarett i flera veckor, osäkert om han skulle överleva, tillfrisknade han till allas glädje. Inte minst Joel gladde sig över Hans hemkomst, den snälle storebror Hans som han såg upp till på alla sätt. Men hjärninflammationen, som läkarna sa han hade drabbats av, innebar att hans utveckling bromsats och han blev som man sa på den tiden *efterbliven*. Det var en stor sorg för föräldrarna och en tung börda för familjen. Nu var det Joel som fick ta hand om sin storebror, tvärtom mot tidigare.

Hanna förstod att det inte var lämpligt att ta med Hans på ett ärende som detta. Han skulle inte klara spänningen och oron.

"Jag tar med Joel", sa August bestämt, med rösten han bara tog fram vid fackföreningens möten. "Trots att lillpojken bara är åtta år gammal är han klipsk och orädd och jag vill ha med honom för att inte väcka misstankar när jag ger mig iväg utanför samhället med släden. En man med ett barn på en släde ser oskyldigt ut och väcker mindre frågor om någon granne skulle se oss."

"Det får bli på kvällen när det är mörkt", slog han fast.

En kväll ett par dagar senare var det bestämt att säcken skulle hämtas hos bonden en halvmil utanför samhället. August drog släden där Joel satt, precis som vilken far och son som helst som var ute i snön på vinterkvällen.

"Nu Joel, måste du sitta alldeles tyst när vi går förbi Öbergs hus", förmanade August.

Joel märkte oron hos sin far och insåg allvaret. Något så här spännande hade han aldrig varit med om, och den här slädfärden skulle han aldrig glömma.

"Jag lovar", viskade Joel med darrande röst.

Det lyste från fotogenlamporna hos Öberg, men ingen människa sågs i fönstren. Om de upptäcktes i samhället på väg till bondgården skulle det nog inte vara särskilt riskabelt. Det var en helt annan sak när de skulle ta sig förbi på hemvägen. En släde med en stor säck skulle väcka frågor hos grannarna och om Öberg skulle upptäcka dem låg de riktigt illa till.

De slank förbi Öbergs och kunde traska vidare till bondgården som låg en timma bort. Det var mörkt i samhället, någon gatubelysning fanns inte, och utanför bebyggelsen var det becksvart. Lämpligt för en utflykt som denna, vilket förstås August hade räknat ut, han hade valt en kväll utan månsken.

Väl framme vid bondgården knackade August på stugdörren och ut kom bonden med en fotogenlampa i handen. De gick bort till ladan där bonden förvarade säden.

"Om du åker fast får du absolut inte berätta var du köpt havren", sa bonden. "Då gör du oss båda olyckliga."

Det hade han inte behövt säga och det gällde inte bara att dölja säcken under färden förbi Öbergs, väl hemkomna gällde det att gömma undan den från nyfikna grannar. Det man gjorde var olagligt och ingen obehörig behövde känna till deras hemlighet, även om alla som fick en chans att komma över extra mat utöver den tilldelade ransonen var beredd att ta den. Risken var liten att någon närstående skulle skvallra.

Men när säcken hämtats upp var bara hälften av eskapaden avklarad. Nu skulle man vidare till Tunarps kvarn. Vägen dit var inte lika kritisk, mörk landsväg och glest mellan gårdarna. Där hade August vidtalat mjölnaren Lindblad att mala havren. Även detta gjordes i smyg nattetid och det var många som han hjälpte på det sättet.

"Tack för din hjälp", sa August till mjölnaren. "Vi är många i samhället som är dig stort tack skyldig. Vi vet att du inte gör detta utan egen risk."

"Om jag kan vara till hjälp i svåra tider som dessa så vill jag göra mitt. Regeringen hanterar matförsörjningen på ett uselt sätt och ni som bor i samhället får lida för det."

"Min belöning får jag kanske i himlen", fortsatte han med en blinkning.

Nu återstod den mest kritiska delen av äventyret. Att ta sig osedda förbi Öberg. De hade god hjälp av mörkret där de tog sig fram vid sidan av vägen, så långt från Öbergs hus som möjligt. Joel satt på släden bakom säcken och försökte dölja den så gott det gick med en filt över sina ben och säcken.

Just när de passerade såg de en lykta utanför huset! Nu blev spänningen olidlig. August spände blicken i Joel och höll pekfingret mot läpparna.

Det var Öberg själv som lämnat huset och ställt sig vid uthuset för att pinka. De var så nära att de hörde strålen mot snön. August drog släden så snabbt och försiktigt som det bara gick och Joel satt blick stilla och höll andan.

Så försvann lyktan med Öberg in i huset och de kunde pusta ut. Det gick!

Väl hemma och svettiga trots vinterkylan möttes de av en lättnad Hanna.

"Vad duktig du varit", utbrast hon.

Den kvällen fick Joel en stor smörgås med honung som belöning och hans stolthet visste inga gränser. Men rädd hade han varit, det erkände han för sig själv. Ett vådligt äventyr för en 8-årig grabb, men han hade klarat det. Synd bara att han inte fick berätta för Harald.

Myndigheterna hade ett ansvar att se till att behövande fick hjälp med matförsörjningen. För det hade staten köpt in stora kvantiteter spannmål och potatis att delas ut till folket. I Sandhem var det kyrkan och prästen som skulle stå för lagring och utdelning och under hösten hade flera foror kommit lastade med potatis i säckar. Tanken var att längre fram på hösten eller vintern, då maten tröt hos familjerna, skulle utdelningen starta.

"Nu är det väl ändå dags att prästen släpper på potatisen. Men han sitter väl i finrummet och förser sig själv", sa Hanna vanvördigt där hon satt vid vävstolen.

Hon var djupt troende men hade inte särskilt mycket till övers för kyrkan och prästen, så hon hade sett till att hon och August hade gått med i Allianskyrkan som byggt ett missionshus i samhället några år tidigare. Hennes och Augusts syn på kyrkan delades av många i samhället och i frikyrkorna samlades mer folk till gudstjänsterna än i kyrkan.

Så en vinterdag var det dags att hämta familjens tilldelning av potatis. Joel och Hans skickades till kyrkan i ärendet. De fick sin säck potatis, betalade en symbolisk summa och begav sig hem. Hans gick mellan skaklarna på den två-hjuliga kärran och Joel sköt på därbak, stolta över att kunna hjälpa till med försörjningen.

Väl hemkomna lämnade de över säcken till mor, men när Hanna skulle hälla ut innehållet i potatisbingen utropade hon bestört.

"Men potatisen är ju rutten!"

Det visade sig att nästan all potatis i säcken var otjänlig. Man hade förvarat den i prästgårdskällaren och prästen och hans medhjälpare hade, antagligen för att de inte förstod bättre, misskött förvaringen. Liksom många behövande i samhället gick Joels familj därigenom miste om det efterlängtade tillskottet i mathållningen.

Det var andra gången Joel såg sin mor gråta. Första gången var i samband med att kyrkklockorna ringde för krig, men denna gång var hon näst intill otröstlig.

Det blev till att förlita sig på att skaffa mat själva, vilket de i och för sig var vana vid. Någon hjälp från samhället verkade det inte bli. Men även om det var matbrist och nöd i Sverige, var det förstås inget mot vad folk ute i de krigsdrabbade länderna fick utstå.

Kapitel 3

April

Idag skiner solen in i köket där jag sitter och slevar i mig min morgontallrik havregrynsgröt. Det är inte länge sedan man fick tända lamporna när man startade dagen. Frukost i solsken innebär att våren är här. *Den blomstertid snart kommer,* som det så hoppingivande står i psalmen. Ungefär. Tänk att den vackra sången skrevs redan på 1600-talet.

Havregrynsgröt med kröser ska det vara. Bären plockar jag själv i Isåsaskogen, fryser in och kokar sylt efter behov. Plocka och frysa in klarade jag lätt första gången, men att göra sylt var ett nytt projekt som krävde en del manipulerande innan det blev bra. Dottern bistod mig med instruktioner per telefon.

När jag sitter och funderar i min ensamhet, hamnar tankarna oftast i upplevelser i barndomen eller tiden tillsammans med Linnea. Döden är ett också ett populärt håll för hjärnan att styra tanken mot. Den tycker väl att jag bör påminnas om att slutet närmar sig.

Sedan är det förstås en helt annan kategori minnen som dyker upp alltför ofta, nämligen alla pinsamma tillfällen då jag gjort bort mig på ett eller annat sätt. Ofta banala klavertramp då jag vid något tillfälle sagt eller gjort något olämpligt, kanske något felbeslut jag tagit i ungdomen eller i jobbet. Eller rent av sårat någon med en kommentar eller något jag gjort. Undrar om det är fler än jag som terroriseras av sådana negativa tankar?

Men som tur är, är det oftast angenäma minnen från en barndom med kärleksfulla föräldrar eller ett bra liv med min kära hustru och mina barn som väcks till liv när jag sitter här i min ensamhet. Dessa minnen släpper jag gärna fram. De andra gör jag mitt bästa för att trycka tillbaka.

Jag kikar ut genom fönstret mot gatan och ser Nilsson passera förbi med sin hund på sin dagliga promenad. Han tittar åt mitt håll och hoppas kanske att han ska hitta något att kommentera. Hunden lägger upp bakbenet mot min häck.

Nej, idag tror jag att jag ska gå upp till Skogskyrkogården och titta till Linneas grav. Vädret är hyfsat bra idag och Skogskyrkogården ligger nära. Det är bara att följa vägen bort mot Isåsahållet, högst femton minuters promenad även i halt väglag som nu. Fortfarande fryser vattenpölarna till under natten, så man får gå försiktigt.

Det går sällan mer än en vecka mellan gångerna jag tittar till graven. Och det känns bra att dröja kvar en stund hos Linnea.

Jag har två gravar som jag besöker. Linneas här uppe i Handskeryd och Christinas på kyrkogården ute vid Anneforsvägen. Vår lilla flicka Christina lever kvar i minnet, även om det är snart femtio år sedan hon rycktes bort. Vi var tveksamma till om det var rätt att sätta barn till världen just när andra världskriget brutit ut, men vi var nygifta och ville gärna ha barn och på ett eller annat sätt skulle vi nog klara av det.

Men glädjen byttes till sorg då Christina dog, knappt ett år gammal. Hon insjuknade i något som liknade influensa och efter ett par dagar med hög feber uppsökte vi en av privatläkarna i stan. Han undersökte henne och skickade hem oss med ett konstaterande att det inte var någon större fara med henne. Men efter ytterligare något dygn med hög feber tog vi henne till lasarettet, där tillståndet snabbt försämrades. Hennes liv gick inte att rädda. Det var ju före penicillinet var uppfunnit. Hon dog den 4 mars 1941, på min och Linneas bröllopsdag.

Christinas död tog Linnea hårt och det dröjde ända till att nästa dotter föddes innan jag såg Linnea le på riktigt igen. De närmaste åren fick vi våra två barn och för min del bleknade minnet av Christina. Men för Linnea var det svårare. Jag tror att sorgen följde henne hela livet, även om hon inte gärna pratade om det. Vi besökte graven ofta de första åren, men sedan blev det allt längre mellan gångerna. Men jag har tagit upp besöken till Christinas grav, mest för att jag vet att Linnea skulle ha uppskattat det.

När vi byggde huset fanns bara skog mitt emot och det skulle dröja ett tiotal år innan området bebyggdes. Långt tidigare, när barnen var små, köpte vi en uppodlad tomt där vi kunde förse oss med mycket av det vi behövde i matväg. Potatis, grönsaker, krusbär och vinbär och så äpplen från ett par gamla äppelträd som bar mycket frukt varje år. Där fanns också ett träd med röda plommon, som grabben vår åt så många av att han fick ont i magen.

Mannen vi köpte av hade varit trädgårdsintresserad och vi behövde inte göra mycket för att komma igång. På tomten fanns en liten stuga med plats för ett bord och några stolar. Och så ett spritkök, men sen var det fullt. Tillräckligt att kunna krypa in i om regnet kom.

I skogen, ett tjugotal meter ovanför vår tomt fanns en liten källa med kristallklart vatten och fin sand i botten. Året om bubblade friskt vattnet fram, och här kunde vi hämta det vi behövde för matlagning och för att släcka törsten. Mycket godare än kranvattnet från Spexhultasjön.

Källan låg på andra sidan vägen, just där bostadshusen nu ligger, tänker jag. Det hade varit trevligt om den kunde ha fått vara kvar. Vatten från kallkälla hade jag inte smakat sedan jag som barn bodde hos släktingar på landet under sommarloven.

Nej nu är det dags att gå.

På gatan utanför huset möter jag grannpojken Albin. Han är sex år, ett faktum han är noga med att betona.

"Ska börja skolan nästa år", framhåller han, och markerar därmed att vi kan umgås på samma nivå.

Vi har ett bra förhållande till varandra. Klurig lite kille som brukar hjälpa till med trädgårdsarbetet. Vi går där och påtar i trädgårdslanden och småpratar som män emellan.

"Vart ska du gå", frågar han.

"Jag tänkte gå upp till Linneas grav på kyrkogården."

"Har dom gävt ner henne där", säger han på ett barns prosaiska sätt att se på tillvaron. Inga krusiduller med andra ord.

"Ja, hon ligger begravd på Skogskyrkogården. Jag brukar besöka henne där så ofta jag kan."

"Hälsa henne från mig", fortsätter han. "Hon var snäll och hade glass i frysen. Piggelin."

På vägen till kyrkogården passerar jag bostadsområdet och längre bort den nya skolan. Ny och ny förresten, tiden går fort och nu har den några år på nacken, om man nu kan säga att en skola har en nacke.

Strax är jag framme vid kyrkogården med sitt kapell, en vacker plats med höga tallar uppblandade med ljusa björkar. Där ligger Linnea begravd.

Idag dröjer jag kvar vid graven en stund, trots att det är kallt och blåsigt här uppe i backen. Så här på vårvintern blir det annars bara korta stunder vid graven, men längre fram i vår kan jag sitta på bänken mitt emot och samtala med Linnea. Men mest sitter jag bara stilla och minns. Här kommer andra minnen fram än i fåtöljen därhemma. Idag avslutar jag med en hälsning från grannens Albin.

Väl hemma blir det kaffe och en mandelkubb. När kaffet slunkit ner och tankarna börjar vandra hamnar de hos min gamle vän Olof. Vi tillhörde det unga gardet som började jobba på fabriken i slutet av 30-talet. Första året i Nässjö var jag fortfarande ungkarl och det var han också. Olof bodde hemma hos sina föräldrar i ett litet hus med en vacker trädgård i Åker, inte så långt från den gamla skolan. Det var innan att man exploaterade området på andra sidan Runnerydssjön, byggde den moderna Åkersskolan och drog nya gator och uppförde villor. Olofs föräldrar var mycket gästfria och jag var alltid välkommen i deras hem.

Det blev en vänskap som hållit i sig sedan dess. Linnea och jag umgicks mycket med Olof och hans fru så länge hon levde, och sedan han blev ensam fortsatte vi att hålla nära kontakt. De fick inga barn, och vad jag vet har Olof inga släktingar som han har kontakt med, så man kan säga att vi tog honom under våra vingars beskydd, eller hur det nu är man säger.

För ett tiotal år sedan märkte vi att Olof började få svårare och svårare att hålla ordning kring sig. Han och frun hade tagit över föräldrarnas hus och där bodde han kvar som änkling. När jag hälsade på hos honom märkte jag att han inte längre klarade av att hålla rent i huset och det hade gått utför med matlagningen. Han hade varit noga med att ta hand om huset och trädgården och maten lagade han själv utan hjälp utifrån. Men när både huset och han själv sjangserade mer och mer, kontaktade jag socialförvaltningen som ordnade med hemtjänst. I början gick det bra, och med stöd och uppmuntran redde han sig hyfsat. Han tog långa promenader och ibland till och med cykelturer på småvägarna bortom Åker. Här hade han vuxit upp och här kände han sig hemma.

Men snart ökade problemen. Han börja glömma saker, åt dåligt och hade svårt med hygienen, och nu var det dags att flytta in på Åkersborg, ålderdomshemmet som ligger bortom Åkershäll.

Jag ringer och pratar med honom någon gång i månaden, och ibland hälsar jag på. Han verkar trivas bra, men blir mer och mer förvirrad. När jag försöker prata om dagshändelser eller sport, som förr var hans stora intresse, hänger han inte alls med, men när jag leder in samtalet på gamla tider och hur det var på fabriken förr i tiden lever han upp och verkar helt klar i skallen.

Varje gång vi träffas är en utmaning när det gäller att hitta samtalsämnen som passar. Det blir mest detsamma varje gång. Han känner igen mig och hälsar glatt när jag kommer, men efter en stund blir han trött och kan inte följa med i samtalet. Det passar mig bra, för snart tryter idéerna på vad vi kan prata om.

Jag inbillar mig att han uppskattar mina besök, men ska inte sticka under stol med att jag själv mår bra av att hälsa på hos honom. Kanske är det ett sätt för mig att känna att jag gör något gott för någon, och möjligen ligger det ett egoistiskt motiv bakom. Som amatörpsykolog vill jag tro att ett nedärvt belöningssystem drar igång, och som det mesta har det väl ytterst med biologi att göra. Det faktum att jag mår bra när jag ringer eller hälsar på hos Olof kanske startar en reaktion i hjärnan, ungefär som om man skulle ta någon form av stimulantia. Självgodhet som berusningsmedel. Herregud vad jag spekulerar! Tur att ingen hör vad jag tänker.

Skit samma, för Olof spelar det ingen roll vilka mina bevekelsegrunder är för besöken. Men hans vänskap har betytt mycket för mig och den vill jag ha kvar så länge han hänger med i verkligheten, om än bara delvis.

Det där med att hålla kontakt med gamla vänner har blivit mer och mer viktigt för mig. Långt ifrån alla är i livet, men de som hänger kvar slår jag en signal till med jämna och ojämna mellanrum. Särskilt kul är det att överraska en gammal kompis som man inte talat med på länge. Och lika roligt det är att bli överraskad av en gammal polare.

Men när jag nu sitter och tänker på hur viktigt och positivt det är hålla kontakt med sina vänner, drabbar mig minnet av ett missat telefonsamtal. På min telefonsvarare såg jag att en gammal vän hade sökt mig. Jag abonnerar på en nymodighet hos Televerket där man i ett litet fönster kan se numret till den som ringt. Vännen var van vid att jag alltid ringde tillbaka när han sökt mig, men just denna gång glömde jag att ringa. Två dagar senare nådde mig budet att han hade gått bort.

Hade jag kunnat hjälpa honom på något sätt? Kanske mådde han dåligt och ett enkelt råd eller ett telefonsamtal efter ambulans hade räddat livet på honom? Dessa dystra tankar får jag nog alltid leva med.

Nu skjuter jag bort alla sorgliga tankar genom att styra hjärnan mot min uppväxt i Sandhem. Barnaåren i arbetarhusen var fyllda av lek och upptåg. Att vi bodde torftigt och hade det knapert tänkte man aldrig på som barn, kamraterna hade det ju likadant. Och något jag aldrig upplevt senare är solidariteten som fanns mellan arbetarfamiljerna. När någon familj hade det svårt hjälpte andra till. Mor Hanna bakade till exempel bröd åt en änkeman som lämnats ensam med tre barn. Han betalade för mjölet, men arbetet stod mor för gratis.

Det känns bra att jag och Linnea kunde bygga upp en tillvaro så att våra barn fick en bättre uppväxt, men ändå skulle jag inte velat vara utan tiden i Ugglebo. Sammanhållningen mellan familjerna och föräldrarnas omsorg vägde upp allt det dåliga.

1917

Bakom Ugglebo löpte ån som band samman Sandhemssjön och Släpesjön. Husen var kringrända av mader, som nästan året om var översvämmade. På vintern frös maderna till och Joel och hans vänner kunde åka skridskor hela vintern. Om inte isen var bra på Sandhemssjön gick det alltid att åka på maderna. Pappa August hade gjort skridskor av trä till Joel som han skott med skenor han beställt hos smeden.

På våren när det var extra vattensjukt gick gäddorna upp och lekte. Det var så grunt att man kunde se fenorna ovanför vattnet när de lade sin rom. Gäddorna var lätta för Joel och de andra barnen att fånga. Nöje förenades med nytta och fisken togs med glädje emot av mor Hanna och de andra mammorna.

Ugglebo rymde fyra enrumslägenheter på bottenvåningen och en etta på övervåningen, bredvid vinden. Joels familj bodde på första våningen. Köket upptogs till stor del av Hannas vävstol. Den, och symaskinen i rummet innanför, innebar att Hanna kunde ta uppdrag av Skaraborgs Hushållningssällskap och därigenom dryga ut hushållskassan. Faktum var, att Hannas arbete gjorde att Joels familj hade det lite bättre ställt än de flesta av grannfamiljerna. Hanna rådde således över en egen liten kassa som hon använde till inköp efter eget huvud. Denna ordning höll hon hårt på och August accepterade det mesta av Hannas idéer, även denna. Hennes starka vilja var svår att stå emot.

Detta relativt jämlika förhållande var ovanligt i andra familjer. Vid den här tiden var kvinnorna inte myndiga och det var männen som skulle hanterade familjens affärer. Alltför ofta ledde det till att männen söp upp pengarna i stället för att ta hand om hustru och barn. Att så skulle ske i Joels hem var dock otänkbart. August var aktiv nykterist och skötte Nykterhetsfolkets sjukkassa och både August och Hanna var medlemmar i Allianskyrkan.

Hanna var mycket stolt över att hon fått Hushållnings-sällskapets pris för sina vävnader. Hon brukade få diplom vartannat år men vartannat år gick priset, till Hannas stora förtret, till en dam i grannsamhället.

"Jag har sett hennes dukar. Inte blev jag särskilt impo-nerad", kommenterade Hanna syrligt vid något tillfälle.

I köket fanns också kökssoffan där Hanna och August sov. Joel och Hans delade en bäddbar soffa i rummet inn-anför. De sov skavfötters i samma säng i nästan 25 år, och när Joel blev äldre och kom hem sent var det helt omöjligt att smyga sig in. Avståndet mellan vävstolen och bäddsof-fan var så litet, att när soffan var utdragen och Hanna och August hade lagt sig, fick han kliva över hörnet på soffan.

I rummet stod tramporgeln och en byrå, och där fanns också ett litet skrivbord med fotogenlampa. För August var orgeln lika viktig som vävstolen för Hanna, och där spelade han psalmer och övade på sin stämma i kyrkokö-ren.

August kom från en musikalisk släkt. Man sa att släkten kännetecknades av att de flesta var rödhåriga och samtliga musikaliska. I flera generationer hade det spelats något in-strument. Augusts far hade spelat handklaver och Augusts bror Emil byggde fioler och gitarrer. Brodern David hade en blåsorkester och arrangerade folkvisor för kör och systern Anna hade skrivit en sångbok med religiösa sånger, vilka till Augusts och Hannas stolthet fanns representerade i Missionsförbundets psalmbok.

August spelade bara psalmer, inget annat. Joels föräldrar var mycket religiösa och varje kväll när han lagt sig hördes ett mumlande från köket. Han hade kikat in i dörrspringan och sett hur föräldrarna låg på knä vid sängen och bad aftonbönen tillsammans.

Mjölken förvarades i farstun i ett gemensamt skåp. Eftersom mjölken inte höll sig så länge, särskilt under sommaren, fick Joel nästan varje dag springa upp till mejeriet som låg en halv kilometer upp i backen och köpa mjölk. Upp till affären, tillbaka hem med mjölken och därefter tillbaka samma väg förbi mejeriet till skolan, som låg en bra bit längre upp i backen. Han fick ofta bannor av fröken för att han kom för sent.

Orättvist, tyckte Joel, som ändå låg bra till hos fröken tack vare sin vetgirighet och flit.

På gården fanns uthus med utedass. Varje familj hade sitt eget dass och sin egen vedbod. Där fanns ett brygghus som också rymde den gemensamma bakugnen där Hanna bakade bröd, rundkakor, ungefär var fjortonde dag. Inne i huset förbereddes 30-40 brödkakor inför varje bak och det var Joels och Hans uppgift att springa fram och tillbaka mellan huset och brygghuset med degplåtar och färdiggräddat bröd.

Mor Hannas bröd var det godaste Joel visste.

Lakan och handdukar tvättades i bykkaret i brygghuset, och inför tvättandet fick August gå upp flera gånger under natten för att få upp vattentemperaturen i karet. Sköljde tvätten gjorde man utomhus i ån. Där fanns en brygga som kunde höjas och sänkas i takt med att vattennivån i ån förändrades. Den hängde i kättingar som hanterades på ett finurligt sätt med en hävstång, som Joel tyckte var roligt att sköta. Det var mycket kallt för kvinnorna att ligga och klappa tvätten på vintern, men alla kläder sköljdes utomhus, sommar som vinter.

På bakgården fanns också en liten uthuslänga med fem kättar där varje familj i Ugglebo hade sin egen gris. Joel förstod på de vuxna hur viktig grisen var. Den sågs nästan som en familjemedlem. Det var Joels och Hans uppgift att mata den och hålla rent i stian.

Det var mycket viktigt för mathållningen att man kunde föda upp en gris, särskilt under briståren under kriget. Alla matrester och potatisskal sparades till grisen, men eftersom det var för kallt att ha grisen över vintern, så slaktades den lämpligt nog till jul. Och på våren köpte man en ny som föddes upp. Under mellanperioden sparades alla matrester ute i en tunna, *skuletunnan*. Skulorna jäste i tunnan och luktade fruktansvärt illa, men grisarna älskade dem. Inget fick gå till spillo och även diskvattnet, som alltid innehöll lite fett, gavs till grisen.

En stor händelse under året var när det var dags att julgrisarna skulle slaktas, alltid de första dagarna i december. Det var en särskild mystik förknippad med detta. Slakten ägde rum en tidig morgon, innan gubbarna skulle gå till arbetet. Vid femtiden väcktes man av ett stort ståhej.

"Kan inte jag få vara med och titta", hade Joel tjatat dagen innan slakten. "Harald får för sin pappa."

Och för första gången ansågs Joel stor nog att vara med vid slakten. Han gick ju nu i skolan, gubevars.

Gubben Ceder skötte själva slakten. Far Augusts uppgift var att vara uppe hela natten för att koka skållevatten i tvättgrytan utanför brygghuset.

När det var dags väcktes Joel och Hans, som det var lovat, av August. Grisen togs ut och slängdes med gemensamma krafter upp på en bänk. Ceder bedövade den med slaktmasken och därefter stack han kniven i strupen för att tömma grisen på blod. Sedan sänktes den med ett otäckt fräsande ner i skållegrytan. Efter att ha hängt ett tag i taket för att kallna styckades den.

Grabbarna tittade nyfiket på när Ceder satte slaktmasken med järnkilen över ögonen på grisen. Sedan bankade han in kilen i pannan på grisen med en stor hammare. Grisen stöp direkt. Men detta blev för mycket för Joel som fick sätta sig ner för att inte svimma.

”Vad är du för en vekling”, sa Harald. ”Tål du inte att se på när grisen slaktas.”

”Det gör jag visst”, svarade Joel bestämt. ”Jag behövde bara vila lite.”

Det var något rituellt med grisslakten och även om barnen på gården tyckte det var hemsk att se på, ville man varje år ändå vara med. Nu visste man att det skulle bli god julmat och med slakten började nedräkningen inför julen. Först adventsljusstaken, sedan grisslakten.

Våren efter var det dags för en ny gris. Kriget pågick fortfarande och behovet av mat var mycket stort. Fram emot hösten hade grisarna vuxit sig stora, snart klara för slakt. En morgon kom Hans inspringande till Hanna.

”Ceders gris är sjuk”, berättade han. ”Gubben är där och tittar till den.”

Nyheten väckte bestörtning. Om en gris hade fått någon smitta var risken stor att den spreds sig i stian. Ceders gris hittades död morgonen efter och därefter dog de andra grisarna en efter en.

August grävde en grop ute i maden och sänkte ner familjens gris. Han var noga med att gräva ner den djupt, så att inte råttorna skulle komma åt den och sprida smittan till gårdarna runt omkring. Det var troligen så smittan nått Ugglebos grisar.

Nedsänkningen av grisen i gropen var sorglig som den värsta begravning och Joel märkte att August och Hanna tog förlusten mycket hårt. Hanna grät lika mycket som när kriget kom och när potatisen hittats rutten, konstaterade Joel.

I och med grisdöden slutade man att föda upp egna grisar. Och efter krigsslutet året efter blev tiderna bättre och behovet av eget kött minskade.

Att grisarna smittats var inte särskilt konstigt. Hygienen var dålig och nedanför Ugglebo fanns en binge för allehanda avfall där också gödsel efter grisarna kastades. Bingen tömdes av folk från fabriken, men bara ett par gånger om året. Till detta kom att i grannfastigheten en bit upp i backen höll en slaktare till, som kastade tarmar och andra rester i en hög på baksidan av huset. Lukten var förfärlig och drog till sig massor av råttor. Grabbarna i husen hade som sport att slå ihjäl råttor. De visste precis var råttgångarna fanns och en av dem sattes att skrämma fram råttorna medan de andra stod redo men var sin hammare och slog ihjäl dem alltefter de kom fram.

"Idag tog jag död på exakt nio råttor", skroderade Joel hemma vid köksbordet vid kvällsmaten. "Flest av alla!"

"Bra gjort", sa August. "Här får du en femöring."

Kapitel 4

Maj

Det är den femte maj ser jag på almanackan. Idag är det bara sex grader och det blåser en kylig vind. Mars och april var kalla och trots att det är maj har vi inte sett en skymt av våren. Men prognosen säger att värme är på gång och jag ser fram emot att börja göra i ordning i trädgården.

Liksom med mycket annat styrdes arbetet i trädgården upp av Linnea. Men eftersom jag var behjälplig i arbetet har jag en hyfsad uppfattning vad som ska göras och när det ska göras.

När jag går runt i trädgården får jag i vanlig orning en retfull kommentar av den förbipasserande Nilsson.

"Du har klippt rosorna för tidigt, Joel. Man ska vänta tills dom börjar knoppa, så man ska", säger han med den typiska bisatsen, ägnad att trycka till lite extra på slutet. Den har jag bara hört här på höglandet.

"Här klipper vi rosorna på hösten. Det har vi alltid gjort och ingen har klagat på blomningen", svarar jag med lite syra i rösten. Utom möjligen du, tänker jag tyst för mig själv.

Han märker nog på tonfallet att jag blir lite störd över kommentaren, så han slätar över det hela.

"Ja, det går ju bra på hösten också. Bara man gör det efter första frosten", lägger han till för att få sista ordet. Sedan försvinner han och hunden bortåt Isåsavägen.

I förra veckan när det var ännu kallare ute än i dag, vaknade jag av att det var ovanligt kyligt i huset. Tvingade mig upp ur sängen, klädde på mig och gick ner i källaren bara för att konstatera att oljepannan lagt av.

"Satan", sa jag högt för mig själv.

Svordomar sitter långt inne hos mig, men när det är befogat plockar jag fram dem. Som då, där nere i källaren.

Det mesta blev bra med bygget av huset, men oljeeldningen ångrar jag. Det skulle ju vara så bra med centralvärme, hade jag läst, och oljan var billig. Linnea klagade alltid på att det luktade illa i källaren och nu håller jag med henne, även om jag då, av ren tjurskallighet, försvarade mitt val länge. Svårt att erkänna att man har fel, särskilt när det gäller husbyggnad som jag anser mig expert på. Jag måste alltid tänka på att hålla stängt till gillestugan för att hålla lukten borta.

Den enda glädjen jag har av oljeeldningen, förutom att den förser huset med värme förstås, är att den göder mitt intresse att föra statistik. Jag vet inte vad det beror på, men jag har, som sonen säger, snöat in på detta med kurvor och tabeller. Det har ju ingått i jobbet att följa utvecklingen av ekonomin, arbetsplatsolyckor och annat viktigt på fabriken och uppenbarligen har jag inte helt kunnat lägga av med detta som pensionär. När grabben sett hur jag kontinuerligt skriver ner oljeförbrukningen och utomhustemperaturen och sitter och gör diagram för att se hur siffrorna samvarierar, skakar han på huvudet. Jag försökte intressera honom för att läsa statistik efter studentexamen, men han blev tandläkare. Hur kul kan det vara?

"Använder du de där siffrorna till något vettigt", frågade han vid något tillfälle.

Jag kom inte på något riktigt bra svar, så det blev bara: "Det kan alltid vara bra att veta."

Men jag fortsätter med denna udda hobby och arkiverar den ena notesboken efter den andra med siffror. Är det bättre att samla på gamla frimärken, fråga jag mig själv utan att få något bra svar.

När det gäller oljeeldning så märker jag att de flesta som nu bygger hus sätter in elektriska element. Elen har ju blivit billigare och man slipper avigsidorna med oljeeldning. Kärnkraftverk ska ju vara så bra sägs det, även om jag har mina dubier. Jag röstade emot kärnkraft vid folkomröstningen häromåret. Men jag skulle inte bli förvånad om elen om några årtionden blir dyrare av en eller annan anledning som vi inte kan förutspå. Fast det som händer så långt fram i tiden behöver inte jag bry mig om.

När dessa funderingar var avslutade och jag värmt upp mig med en kopp kaffe, gick jag ner i källaren för att försöka få igång maskineriet. Sist pannan stannat tog jag hit en reparatör som med några enkla handgrepp fick igång åbäket. Men hur i helskotta gjorde han? Efter att ha försökt med alla spakar jag kunde se, utan resultat, gick jag upp i köket för att ringa en reparatör. Det bar mig emot. Han visade ju exakt hur man skulle göra, men det tycks vara helt bortblåst. Och tänk om det är samma kille. Vad ska han tro om gubben?

När jag stod med telefonluren i handen ringde det på dörren. Därute stod grannens Albin och undrade om han fick komma in ett tag. Hans mamma var i Stjärnhallen och handlade. Han är en van gäst hos mig och gick direkt in i hallen. Där stannade han upp.

"Vad kallt du har det, Joel", konstaterade han. "Är det fel på pannan igen?"

Albin var med sist när pannan stannade och satt i ett hörn i pannrummet och följde intresserad reparatörens arbete.

"Har du försökt att starta om den", frågade han initierat på sitt lillgamla sätt.

"Det går inte. Jag har varit nere och försökt."

"Jag minns hur han gjorde", sa Albin. "Vi kan väl gå ner igen?"

Jag gillar hans sturska, brådmogna kommentarer och tänkte, att det skadar väl inte att följa med honom nerför trappan.

"Först drog han i spaken några gånger där", sa han och pekade på en grej som stack ut. "Sen tryckte han på den röda knappen och berättade att det var som på en gammal bil som man startade med startknapp i stället för med nyckeln."

Jag tänkte att jag har försökt det mesta, men det skadar väl inte att testa Albins variant. Direkt drog pannan igång och det välbekanta suset kunde höras.

Stolt gick Albin före mig upp på trappan och väl uppe i köket frågade jag hur jag kunde tacka honom.

"Du kan väl ta fram en Piggelin ur frysen", svarade han, väl vetande var jag förvarar lådan med glassen som blev över i somras. Och så satte vi oss vid köksbordet och åt på varsin glass i kylan.

Nere i källaren susade pannan hemtrevligt.

Tiden springer iväg. Det är snart två år sedan Linnea gick bort. Att tiden går fort märker jag varje vecka då jag laddar min dosett med mediciner. Det känns som att det var i förrgår jag sist satt här med medicinburkarna. Veckorna går, månaderna går och åren bara rinner bort.

Ändstationen närmar sig i allt snabbare takt, tänker jag. Jag har just passerat medellivslängden för män i Sverige, men jag har tänkt försöka hänga med ett tag till. Vad jag känner till har ingen i min släkt blivit äldre än jag. Den ligan leder jag, men man vet ju inte vad som väntar runt hörnet. Hälsan råder man som bekant inte över, men min doktor gör sitt bästa för att hålla mig igång med alla mediciner.

Dosetten, ja. Jag tar numera så många olika sorters mediciner att jag måste vara extra noga. Dosetten är ovärderlig för gamla gubbar som jag som börjar bli lite tröga i skallen. Det är inte nog med att jag har många olika sorter som ska sorteras in i sina fack. Apoteket envisas med att byta ut mediciner så att färgerna på tabletterna ändras. Allt för att göra det svårare för oss gamlingar. Kanske är syftet att hålla oss alerta?

För en tid sedan läste jag en artikel om århundrandets främsta medicinska innovationer. Listan över livsviktiga mediciner var lång, men bland framstegen saknade jag uppfinningen av dosetten. Den har säkert förlängt många liv, men det är inte någon som har fått något medicinpris för det. Vad jag vet.

Sedan är det en annan bra sak till med dosetten. Varje morgon kan man läsa vad det är för veckodag, något man som pensionär annars lätt tappar bort då alla dagar ter sig lika.

På tal om sjukdomar och mediciner. Jag är verkligen tacksam över att bo i ett land där sjukvården fungerar bra och som inte skiljer på fattig och rik. När jag tänker på hur mycket jag och mina närmaste tvingats utnyttja vården är jag tacksam för att skyddsnätet funnits där när det behövts. Jovisst, jag har betalat rejält med skatt under mina år, men tänk på alla tillfällen då jag med mina hjärtproblem måst utnyttja vården. Och Linneas långdragna hälsoproblem som slutade med hjärnblödning, afasi och förlamning. Och så dottern och barnbarnet med diabetes som kräver livslång behandling. Lägg till alla gamlingar i bekantskapskretsen som behöver hemtjänst och färdtjänst och annat som krävs när hälsan sviktar.

Nej, vi lever i ett bra land. Grabben, som under en period jobbade i USA, har berättat om systemet däröver, där de som inte haft råd med privata sjukförsäkringar riskerar att ruineras om de blir sjuka.

Nu lutar jag mig tillbaka och konstaterar självbelåtet att det var just detta som jag var med och kämpade för i unga år i politiken. Mitt strå till stacken var minimalt, men vi var många som bidrog med strån. Hoppas bara att inte det vi byggt upp raseras av nedskärningar och indragningar inom det allmänna. Det finns tecken som tyder på det.

Nyss ringde kompisen Rolf. Det var ett tag sedan vi talades vid och nu betade vi av allt väsentligt och oväsentligt som hänt sedan sist. Just när jag skulle runda av samtalet fortsatte Rolf med en fråga.

"Du förresten, visst har du en granne som heter Inga Olsson?"

"Det stämmer, närmsta granne nedanför vår tomt. Vi har känt henne och hennes man sedan vi köpte tomten för många år sedan, innan vi byggde huset. Mannen gick bort för flera år sedan."

"Trevlig, eller hur?" fortsatte han.

"Mycket trevlig, och kunnig i trädgårdsskötsel. Vi brukar tipsa varandra om odling över häcken. Och så bjuder
hon på kaffe emellanåt. Välutrustat kakfat."

"Jag träffade henne på pensionärsdansen i Folkets hus
härom veckan. En synnerligen angenäm bekantskap."

Jag måste erkänna att jag blev överraskad över att Rolf
går på dans, det har han aldrig berättat. I mitt huvud är han
ingen dansant person och han har på gamledar aldrig visat
större intresse för damer, ungkarl som han varit hela livet.

"Parant dam. Dansar bra och inte lika svår att flytta
runt som de andra damerna. Jag har ju känt många av dem
sedan de var unga tjejer, men med åren har de flesta lagt ut
rejält. Du har väl hört Jokkmokks-Jockes låt: *Din smala
midja än jag känner, fast du är bred som en ardenner.*"

"Ungefär så är dom nuförtiden – en viss skillnad från
förr."

När vi lagt på kan jag inte låta bli att fundera över hans
intresse för Inga. Vad har hänt med den gamle inbitne ungkarlen?

Nej, nu är det dags för lunch och sedan en sväng till affären. Maten köper jag i Stjärnhallen, just bakom höghuset.
Det underlättade för oss när butiken öppnade, bara några
hundra meter hemifrån. När jag passerar höghuset kan jag
inte låta bli att le då jag tänker på kommentaren jag fick
höra bakvägen när det var bestämt att bostadsbolaget som
jag var chef för skulle bygga ett höghus på en av stans
högsta punkter.

Någon hade sagt: "Nu har Joel fått storhetsvansinne.
Bygga ett höghus längst upp i backen!"

Men jag var stolt över huset med den fina utsikten, även
om det var arkitekterna i Stockholm som låg bakom

placeringen och projektet. Och det var lätt att sälja lägenheterna i huset.

När jag kommit hem går jag ner till Inga i huset bredvid. Jag har lovat henne att justera en dörr som slagit sig och som är trög att stänga. Det ska jag nog fixa, tänker jag, dörrar har jag jobbat med hela livet.

Med hjälp av hyveln jag tagit med är det snart avklarat.

"Tack ska du ha Joel", säger Inga. "Du förresten, visst känner du en man som heter Rolf?"

"Menar du Rolf Hermansson?"

"Just det. Jag träffade honom på pensionärsdansen för en tid sedan. Trevlig karl, och dansa kunde han."

"När jag berättade var jag bodde nämnde han att han kände dig sen gammalt."

Intressant, tänker jag. Det var ju bara i morse som Rolf frågade mig om jag kände Inga.

"En bra karl, vi har känt varandra sedan jag flyttade till Nässjö. Han är född och uppvuxen i Malmbäck och jag kan tänka mig att han for runt på dansbanorna i trakten som ung. Men att han fortfarande går på dans förvånar mig."

"Ja, han sa själv att det var sällan han var ute. Sitter mest hemma och läser eller ser på sport på TV."

Det där med att han sitter och läser lade han nog till för att verka intressant, tänker jag. Lite kultursnack brukar gå hem hos damerna, har man hört. Sport på TV ligger närmare Rolfs verklighet.

Väl hemkommen från Inga är jag tillbaka i fåtöljen med en kopp kaffe vid sidan. Sonen ringde i går kväll. Han bor med fru och barn uppe i Umeå och har ett bra jobb på universitetet. Båda våra barn har klarat sig bra och har jobb som de trivs med, mycket tack vare att de haft möjlighet att gå i bra skolor. Det var viktigt för Linnea och mig att ge dem möjlighet att studera, studentexamen på läroverket och sen högskolestudier. Varken Linnea eller jag fick chans till detta. När vi var unga var det självklart att börja jobba direkt efter skolan. Och mycket till skolgång var det inte.

1910-talet

När Joel var sju år var det dags att börja skolan. Han hade längtat det senaste året och när den stora dagen kom sprang han uppför backen, förbi mejeriet och upp till skolan som låg i utkanten av samhället.

Hemma hade han stavat sig igenom storebrors läseböcker och kunde redan läsa hjälpligt, men mest tyckte han om att studera kartorna i Nordisk familjebok när han fick följa med mamma till Sockenbiblioteket vid kyrkan.

Joel gick två år i småskolan och fyra år i folkskolan. Det var ont om lärare i trakten och skolan tillämpade varannandagsläsning. Man hade förstås läxor, men i praktiken innebar det att han bara fick tre års effektiv skolgång. Efter folkskolan tog några månaders fortsättningsskola vid. Den sköttes av prästen och ägnades främst åt förberedelser inför konfirmationen och så lite om arbetslivet.

Joels bror Hans var inte riktigt som andra barn. Han låg efter i utveckling och förstånd och det hände ofta att han blev trakasserad av andra barn i samhället. Ofta kom han hem gråtande för att någon hade kastat glåpord efter honom eller gömt hans mössa på vägen hem från skolan. Trots att han var äldre och betydligt starkare än barnen som antastade honom kunde han inte hävda sig och han försökte aldrig försvara sig eller ge svar på tal, han var för snäll och för långsam i tanken för det. Många gånger fick hans flera år yngre och spinkige bror Joel vara beredd att skydda honom och ofta slutade det med handgripligheter.

”Vad har du nu varit ute för Joel”, undrade mor Hanna, när Joel kom hem med sår i pannan och blod på skjortan. ”Har du varit i slagsmål igen?”

Joel ville aldrig berätta vad som hänt. Han visste att mor skulle bli ledsen om hon fick höra att barnen bråkat med Hans igen. Så han försökte hitta på andra förklaringar.

”Vi spelade fotboll på skolgården och jag kom i bråk med en av killarna”, kunde han dra till med.

Men Hanna förstod nog att nu hade barnen varit elaka mot Hans igen och Joel tvingats försvarat honom med knytnävarna. Även om hon bannade Joel för att han slogs, var hon innerst inne stolt och rörd över hans mod. Så hon brukade torka av hans blodiga ansikte och ge honom en ren skjorta att sätta på sig, utan fortsatta kommentarer. När Joel var liten hade det varit storebror Hans som tog hand om honom. Nu var rollerna ombytta och det var Joel som var storebror.

Efter Hans hjärninflammation blev familjens liv helt förändrat. Utåt sett märktes inget på Hanna, men de som kände henne förstod att hon kämpade hårt för att familjen, trots problemen med Hans, skulle fungera som vilken annan familj som helst. Men August var känsligare till sin natur och blev med åren alltmer inbunden. Båda undrade förstås hur det skulle gå för Hans när de var borta och Joel blev äldre och flyttade hemifrån. Men Joels framåtanda och godhjärtenhet höll humöret uppe hos föräldrarna.

Snart var julen här. Grisen var slaktad och mor hade börjat förbereda julmaten. Ett nytt ljus tändes i adventsstaken varje söndag efter kyrkobesöket och Joel och Hans längtade till julen och jullovet. För Joel var det första julen efter att han börjat skolan.

"Vad önskar du dig allra mest till julklapp Joel?" frågade mor Hanna.

Det var långt ifrån vanligt att arbetarbarn fick någon dyrare julklapp, men tack vara att Hanna tjänade en extra slant på vävningen kunde hon kosta på pojkarna var sin fin julklapp.

"En kartbok", svarade Joel omgående. När han hade fått följa med mamma till Jönköping för att besöka en släkting hade han sett en fin kartbok i affären. En färggrann atlas över hela världen.

"Om vi har råd, förstås", lade han till eftersom han visste att kartboken var dyr och att mor och far måste vrida och vända på slantarna.

Den julen blev den bästa han kunde minnas. Han hade sneglat på paketet som inte dolde att det innehöll en stor bok.

"Tack snälla!" utropade han när han öppnade paketet och läste *Kartbok för allmänna läroverket*, precis den han hade sett i bokhandeln.

Han gick omedelbart bort till Augusts skrivbord och öppnade boken andaktsfullt. Han kunde nästan inte slita sig från boken, trots den goda julmaten, och så snart de ätit färdigt var han tillbaka vid boken. Och där satt han i skenet av bordslampan till det var läggdags.

Man hade fått elektricitet i huset året innan. Så snart elektriciteten kom till samhället gick familjerna i Ugglebo samman och drog in ledningar från gatstolparna utanför. Joels föräldrar hade införskaffat en taklampa som lyste upp köksbordet och vävstolen. Och så hade de köpt en bordslampa till skrivbordet. Nu kunde Hanna sitta och väva från tidig morgon till sen kväll även under mörka vintern. Och

August, som skötte Nykterhetsfolkets sjukkassa, satt på kvällarna i ljuset vid skrivbordet och antecknade noggrant namn och inbetald summa då arbetarna kom förbi när det var uppbördsdags. För Joel innebar det bättre möjlighet att läsa läxor.

Det hade varit en stor stund året innan, då man för första gången slog på ljuset. Först provade August att allt fungerade och sedan var det Hans och Joels tur.

"Ni får inte hålla på och tända och släcka", förmanade August. "Det sliter på glödlampan."

Tidigt följande morgon smög Joel upp innan de andra vaknat och tände ljuset. Han trodde knappt det var sant. Och hur gick det till? Hur kunde ljuset ta sig genom sladden till lampan? Lampan i köket var på 25 watt och han bländades av ljuset då han tittade mot lampan.

Sedan satte han sig med sin kartbok, tacksam över att mor och far hade skaffat elektricitet så att han kunde sitta och läsa så behändigt. Fotogenlampan var mycket sämre.

Han lärde sig snart de flesta av världens länder och fick mycket beröm av fröken på geografilektionerna. Ingen hade sådan fin kartbok som han, och han behövde inte läsa en enda geografiläxa under hela skoltiden. Han kunde redan allt man skulle lära sig.

Även om Joels skolgång var kort, följde läsintresset honom upp i tonåren. Att studera vidare var det inte tal om och själv hade han inte en tanke i den riktningen. Det vara bara barnen från rikare familjer som kunde läsa vidare på läroverket i Falköping.

Joel läste allt han kom över. Hemma fanns bara bibeln och katekesen, och så psalmboken förstås, men han ville läsa riktiga böcker och lånade allt av intresse han kunde hitta på Sockenbiblioteket. Men där fanns inte mycket att hämta för en pojke som mest trånade efter äventyrsböcker. Prästen hade nästan bara köpt in religiösa skrifter och böcker om jordbruk och trädgårdsodling. Fast Nils Holgerssons underbara resa av Selma Lagerlöf fanns på biblioteket och den läste han flera gånger från pärm till pärm.

På sommarloven under skolåren kunde han tjäna lite pengar genom att rensa rovor på herrgården utanför samhället och att stapla torv på mossen en bit norrut utefter järnvägen. Pengarna han tjänade gick med föräldrarnas goda minne till böcker som han köpte vid de sporadiska besöken i Falköping.

Kapitel 5

Maj

Tiden har sprungit iväg och om några dagar går vi in i sommarmånaderna. Det finns två sidor med att tiden går fort när man är gammal. Den negativa är att dagarna man har kvar rinner iväg alltför fort, den positiva att det är ett tecken på att man inte sitter och har långtråkigt.

I början efter att jag blivit änkeman präglades dagarna av ensamheten och ledan. Men med hjälp av barn och vänner tog jag mig förbi den svåraste tiden och fann en rutin i vardagen. Med tiden hittade jag tillbaka till mitt gamla positiva jag och snart fylldes tiden med allehanda sysslor. En fördel är att som gammal tar allt man tar sig för längre tid. Det är bra, eftersom man på så sätt håller sig igång.

Flera av mina vänner löser korsord eller lägger patiens. Sådana sysselsättningar är inget för mig. Jag är nöjd med att det går jämt ut när jag sorterar mina strumpor efter tvätten. Alltid lika spännande.

Att ha fasta rutiner är också bra. Att inte slarva med måltiderna var ett mantra jag hörde från Linnea och till denna regel har jag lagt dagliga promenader samt att hålla mig hel och ren. Och så håller jag efter huset och trädgården. Så fyller en gammal gubbe sin vardag.

Jag har noterat att när man numera vaknar på morgonen varierar känslan i kroppen. Vissa mornar är det lätt att stiga upp, andra känner man sig precis som den 80-åring man är. Om inte äldre. Är det inte ryggen, så är det knäna. Är det inte hjärtat, så är det astman. Det finns för det mesta någon krämpa att skylla en seg morgonstart på.

Idag känns det hyfsat bra och då gäller det att passa på och göra lite nytta, tänker jag. Så här i början av säsongen växer gräset onödigt fort och det gäller att inte låta det gå över gränsen för vad man klarar av med handgräsklipparen. Jag har nog tänkt tanken att köpa en sådan där med motor, men det bär mig emot. Min gräsmatta är inte större än jag kan klara att sköta den miljövänligt, för hand.

Jag har sett att Nilsson har en maskingräsklippare och när han kör den sprutar svart rök ut från sidan. Det kan inte vara nyttigt varken för miljön eller Nilsson. Nej, jag har bestämt mig för att sortera in gräsklippningen i kategorin motion. Miljövänlig motion. Då känns det bättre när jag går där fram och tillbaka och blir svettigare och svettigare.

Min hjärtläkare tjatar varje gång vi ses om hur viktigt det är att motionera. Men det behöver han egentligen inte göra. Sedan jag blev ensam har mina promenader varit ett sätt för mig att skingra tankarna, samtidigt som jag bygger på motionskontot, och varje dag, om vädret tillåter, gör jag små upptäcktsfärder till fots i stan. Jag går lite långsamt numera, med det är bara bra. Nu hinner jag se mig omkring där jag går i min lugna takt, förr halvsprang jag och det jag såg var mest trottoaren framför mig. Och träffar jag på någon av min sort kan jag stanna och språka lite. Det brukar uppskattas även om vi inte känner varandra.

När jag igår försjönk i minnena om tiden som barn, hamnade tankarna som så ofta hos min bror Hans. Innan jag somnade igår var han tillbaka i tankarna. Han hade på grund av sitt handikapp en svår barndom med mycket trakasserier. Mobbning skulle man kalla det idag. Alla i samhället visste att han var lite efterbliven, men ingen vuxen tycktes bry sig om att stoppa elakheterna. Men det blev bättre när han började jobba på fabriken. Far var en ansedd person och fackligt engagerad så där blev han lämnad ifred. Hans var pålitlig och gjorde ett bra jobb, och på fabriken trivdes han bäst.

Även efter att han blivit sjukpensionär, fortsatte mobbningen. Nu hade far gått bort och mor behövde skicka honom till mejeriet för att köpa mjölk. Men trakasserierna höll i sig och barnen i samhället följde efter honom på vägen hem och härmade hans haltande gång. Han hade ramlat ner från en vedstapel och skadat benet och hade därefter svårt att ta sig fram till fots.

När jag var hemma på besök gick jag upp och talade med personalen i mejeriaffären om de kunde försöka få barnen sluta att ge sig på honom. Men jag tror inte det hjälpte.

Hela livet har jag tänkt på hur hemskt det måste ha varit för Hans. Mina försök att skydda honom hjälpte föga, varken när jag som barn tog honom i försvar och själv hamnade i slagsmål, eller när jag senare i livet försökte tala barnen till rätta. Fortfarande kan jag vakna kallsvettig efter att ha drömt om Hans och hans belackare. Det gör fortfarande ont i mig när jag tänker på hur synd det var om honom. Och om alla andra som hånas för att de inte passar in i normen. Ett förbannat oskick!

Väl inkommen efter en kamp mot gräsmattan sjunker jag ner i fåtöljen. Så snart jag sätter mig och blundar vandrar tankarna bakåt i tiden.

Jag hörde till de lyckligt lottade arbetarbarnen i samhället som fick jobb direkt efter att ha slutat skolan. Det var nog tack vara fars goda rykte på snickerifabriken som jag och brorsan fick anställning där. Far tillhörde de skickligaste snickarna och han fick ta hand om beställningar som krävde speciell kompetens. Jag märkte att han var väl sedd, inte bara bland arbetskamraterna utan också hos arbetsledningen.

Det var jämförelsevis bra arbetsförhållanden på Sandhemsfabriken, konstaterar jag där jag sitter och tänker. Så var det inte på många arbetsplatser på den tiden. Men här kände ledningen ett visst ansvar för de anställda och gjorde en hel del för att arbetarna skulle trivas.

Särskilt den årliga midsommarfesten som fabriksledningen arrangerade för de anställda och deras familjer har jag positiva barndomsminnen av. Fabriken hade en egen blåsorkester som spelade och vi barn fick saft och en stor smörgås med korv. Den där goda korvsmörgåsen har fastnat i minnet.

Men när jag själv hade arbetat en tid på fabriken upptäckte jag att många av arbetsuppgifterna i var tunga och ibland farliga. Jag upplevde flera otäcka olyckor under min tid på fabriken.

"Nästa gång jag är i Stjärnhallen måste jag komma ihåg att köpa prickekorv", säger jag högt.

1920-talet

"Du får börja som passopp", sa basen till Joel som stod med mössan i handen och kände sig liten. "Så får vi se vad du går för. Du får bli mottagare vid hyvlarna. Börja hos Brant där borta. Han talar om för dig hur det går till."

Brant var en hygglig man som kände familjen väl från Allianskyrkan. Han satte Joel i arbete, som snabbt tog till sig de nya arbetsuppgifterna och föll in i tempot. När Brant stängde av hyveln fick Joel och de andra smågrabbarna bära virke till finsnickeriet på andra våningen där pappa August hade sin arbetsplats.

Den första timpenningen var på 25 öre, vilket var bra jämfört med vad Joel hade hört från jämnåriga på leksaksfabriken en bit bort. De tjänade bara 12 öre i timman.

Men basen tyckte att Joel var flitig och stark nog att börja i sågen och nu fick han 10 öre mer i timman och kände sig nästan som de vuxna jobbarna. I sågen bestod hans arbete i första hand i att frakta upp timret från sjön och ta hand om avfallet vid sågningen. De stora cirkelsågarna sköttes av erfarna gubbar.

Det grövsta avfallet användes till att tillverka takspån. Det var en säsongsvis tillverkning och gjordes i *Glufsen* som anordningen kallades, ett arbete som Joel och de andra grabbarna avskydde. Det var jobbigt och ohälsosamt där man satt och späntade spån i ångorna från träkubbarna som kokades i järnvitrol.

"Måste jag göra detta", frågade han August.

"Jag är rädd för det", svarade en bekymrad far. "Det duger inte att tacka nej, då har du inget jobb längre."

Det var bara för Joel att acceptera faktum, och denna syssla hade han periodvis under de första åren.

Att vistas i ångorna över kokkärlen var hemskt. Man var tvungen att vara barhänt, annars kunde man inte greppa de varma spånen, och hela tiden fick man brännblåsor på fingrarna. Det var ett grymt jobb som utfördes av de allra yngsta i arbetslaget. Hanna tillredde en sårsalva som Joel smorde in händerna med då han kom hem efter en dags späntning. Under perioden då man späntade spån hann aldrig blåsorna läkas helt och Joel fick stålsätta sig varje gång han skulle tvätta sig, så sved det.

Ett annat fruktat arbete som smågrabbarna sattes att göra var att knacka rost och avlagringar ur ångpannorna. En av pannorna som hade många röranslutningar var särskilt jobbig. Utrymmet var så litet att det bara kunde utföras av de minsta grabbarna, och att krypa in i pannorna var skrämmande och det var lätt att gripas av panik. Joel och kamraten Erland ansågs smidigast och hade jobbet under flera år. Det var varmt eftersom pannan bredvid alltid var igång. Man hackade med hammare och skrapade rent med en skrapa. Några andningsskydd fanns inte, men grabbarna knöt en snusnäsduk för näsa och mun.

Varje panna tog en vecka. Kläder fick man hålla sig med själv, och Hanna plockade fram det sämsta som man hade i klädväg. Allt fick kasseras efter en period i pannorna. Det var ett smutsigt jobb, men en lättnad var att man varje dag kunde tvätta sig ren i fabrikens badhus nere vid sjön och sätta på sig rena kläder. Och gå till badhuset fick man göra på arbetstid.

Alla på fabriken visste hur eländigt jobbet var, så grabbarna fick uppskattning och beröm av såväl cheferna som arbetarna.

"Bra gjort grabbar", hördes från gubbarna då de släntrade ner till badhuset efter ett arbetspass. Joel var stolt över att han trots sin ringa ålder klarade av det tunga jobbet, men också att han vågade. Det var inte många som tordes krypa ner i de trånga pannorna, där man faktiskt kunde fastna om man var oförsiktig.

När Joel just fyllt 16 år, ropade verkmästare Svensson in honom på kontoret.

"Nu Joel ska du slippa småpojksjobben", sa han. "Det är dags för mer ansvarsfulla arbetsuppgifter."

Och så fick Joel börja kapa virke och vara riktare vid planhyveln, ett jobb som vanligtvis bara vuxna anförtroddes.

I början handlade det mest om att kapa avfallsbitar. Inget av sågresterna fick förfaras och kantresterna användes till att göra *lats*, en meter långa stickor som exporterades till England att används då man byggde hus med putsade ytterväggar. Och barkavfallet gick till eldning av ångmaskinerna.

Att sköta träavfallet tyckte Joel var det bästa jobbet han dittills haft. Man jobbade självständigt och kunde själv bestämma när man tog paus. Jobbade man hårt en halvtimma kunde man ta tio minuters paus. Och jobbade man längre vid kapen kunde man få längre sammanhållen rast. Då samlades arbetarna, åt sin matsäck, berättade historier och spelade kort. Det var ett trevligt och sammansvetsat gäng som jobbade i denna del av fabriken och Joel gillade att sitta och lyssna till gubbarnas fabulerande.

Många arbetsuppgifter i fabriken var farliga och det var inte ovanligt att det inträffade olyckor. Det gällde att inte vara obetänksam eller slarvig, för då kunde olyckan vara framme. Allt hängde på arbetarens eget omdöme. Mycket till arbetarskydd fanns det inte.

Joel skulle aldrig glömma dagen då en pojke i hans egen ålder hade råkat riktigt illa ut. Han blev själv vittne till händelsen och berättade om den hemska olyckan hemma vid matbordet på kvällen.

"Jag såg med egna ögon hur Sture gick omkring och lekte med ett rep han hade virat runt handen och gick och slängde med."

"Ingen hann varna honom innan repet fastnade i drivremmen i taket och han följde med upp. De som stod nära när det hände berättade att han snurrat flera varv runt drivhjulet."

Alla runt matbordet var tagna av Joels berättelse. August visste mycket väl vilka risker som fanns på fabriksgolvet och hade förmanat både Joel och Hans att vara försiktiga. Han var särskilt rädd att Hans skulle råka ut för en olycka, Hans, som trots att han var äldre än Joel inte var lika snabb i tanken. Hans var stor och stark och blev ofta satt på tyngre jobb med större risk att råka illa ut.

"Sture for runt i taket en god stund innan Boman hann få stopp på ångmaskinen", fortsatte Joel. "Vi fick hjälpas åt att få ner honom på en presenning som vi höll upp under taket mens Boman klättrade opp och fick loss honom."

"Benen och armarna var böjda i konstiga vinklar, säkert brutna på flera ställen", sa Joel och märkte att Hanna hade bleknat mer och mer under berättelsens gång.

"Som tur var, var han medvetslös", la han för säkerhets
skull till för att mildra det hela när han såg att Hans hade
börjat gråta.

När Joel märkte att han hade allas uppmärksamhet fort-
satte han sin berättelse om hur gubbarna hade resonerat
för att komma på ett sätt att ta pojken till lasarettet i Fal-
köping. Tre mil med häst och vagn skulle vara alltför plåg-
samt för honom om han vaknade upp ur medvetslösheten.
En av gubbarna föreslog att man skulle hämta en järnvägs-
vagn vid stationen. Det blev lösningen, och man baxade
fram en öppen järnvägsvagn på fabrikens spår och på den
lade man ner Sture så försiktigt man kunde på en hög med
jutesäckar. Sen var det bara att vänta på att tåget från Jön-
köping skulle anlända så man kunde koppla på järnvägs-
vagnen med pojken. Boman och en gubbe till följde med
honom till lasarettet.

En tid därefter fick man höra att doktorerna hade lyck-
ats lägga alla ben tillrätta och efter ett halvår var Sture till-
baka i samhället. Det enda man kunde se på honom var att
han haltade när han gick. Joel visste att han bodde i ett litet
torp utanför samhället. Han kunde inte längre jobba på fa-
briken, men det sas att han skötte torpet där han bodde
med sin mor bra.

Det fanns många arbetsuppgifter som innebar stora risker.
Till Joels kapsåg gick en rem som allt som oftast slirade av.
Då skulle man lägga på den på plats, trots att maskinen var
igång. Det var bara att göra det, trots risken att åka med.

Som överallt på fabrikerna på den tiden var det dåligt
med skyddsutrustning, om det ens fanns någon. Särskilt
farlig var bandsågen där Joel ofta hjälpte till. Här hade in-
träffat en hemsk olycka, som Joel hade fått berättad för sig.

Han kusin Gunnar hade stått vid maskinen och en dag var olyckan framme och Gunnar sågade av sin högra hand. Gubbarna berättade målande hur Gunnar hade tagit handen i vänsterhanden och helt sonika gått in på kontoret och visat upp den för kontorspersonalen.

"Jag har visst sågat av mig handen", sa han lugnt.

Han var säkert bedövad av chocken, därav det stoiska beteendet. Upprördheten blev förstås stor på kontoret, men man lyckades få stopp på blödningen och ta honom till Falköpings lasarett.

En särskild högtidlig stund varje fredag var när det var avlöning. Ute i maskinhallen fanns ett fönster i väggen och där bakom satt kamreren. De anställda fick ställa upp sig i led i trappan mellan våningarna, de äldre jobbarna längst ner, småpojkarna längst upp. Varje anställd hade ett nummer och en efter en gick de fram till luckan där kamreren hade högar av plåtaskar märkt med den anställdes nummer.

En av handlarna i samhället var styrelseledamot och hade aktier i fabriken. Han såg gärna att arbetarna skulle handla på bok, som det hette, och hade ordnat så att han kunde inkassera skulderna på ett säkert sätt direkt från fabriken. Många satte sig i skuld. De fick lämna ifrån sig praktiskt taget hela avlöningen till handlaren när det var dags för avlöning. De stackars skuldsatta gubbarna fick inte ens se sina pengar innan de försvann.

"Jag blir förbannad när jag ser hur ledsna gubbarna blir som bara får några kronor i lön när skulderna till handlaren är betalda", sa Joel när de satt och åt kvällsmat.

"Svär inte vid matbordet", förmanade Hanna. "Inte överhuvudtaget, förresten. Flera av arbetarna super upp lönen och sedan måste dom handla på krita. Felet är spritens, inte handlarens.”

”Felet är spritens *och* handlarens”, svarade Joel sturskt. ”Vi måste arbeta för att komma tillrätta med dom här förhållandena. Enda sättet är att vi organiserar oss. Nykterhetsrörelsen och arbetarföreningarna måste ta i med hårdhandskarna.”

Joels nyvaknade intresse för samhällsfrågor hade överraskat både Hanna och August. Han var ju bara 16 år, men lät redan som den värste agitatorn. Han hade upptäckt orättvisorna i arbetet på fabriken och visste att på andra arbetsplatser kunde arbetarnas situation vara ännu sämre. På SSU-mötena debatterades flitigt vad som kunde göras och här stärktes Joel i sina åsikter.

Handlarnas makt var stor eftersom de utan konkurrens kunde sätta priser och styra utbudet av varor. Arbetarna insåg att det enda sättet att hjälpa sig själva var att starta en konkurrerande verksamhet. Det resulterade i bildandet av de kooperativa inköpsföreningarna. I början blev det en kamp mellan handlarna i samhället och Kooperativa, som man sa, men enigheten var stark bland arbetarna och man red ut stormarna. Far August var mycket aktiv i Kooperativas lokalavdelning. Butiken sköttes av medlemmarna själva och man hade till en början bara öppet på kvällarna. August var en av dem som tog pass i butiken.

Kapitel 6

Juni

Det är försommar och jag slår mina lovar i trädgården. I ena hörnan ville Linnea att vi skulle anlägga en vildträdgård. Jag var helt med på noterna, den vildvuxna delen reducerar gräsklippningen med en fjärdedel.

Nu gillar jag förstås vildträdgården av fler skäl än detta. Den är en prydnad för trädgården och så här års växer det så det knakar och snart slår alla blommorna ut. Denna del av trädgården var Linnea särskilt stolt över.

Vi sådde in vildblommor i gräset och sedan planterade Linnea in en del växter som hon hittade vid vägkanterna. Hon var särskilt mån om sina vilda växter och jag är noga med att sköta dem så att de överlever vintern.

Ett annat odlingsprojekt som Linnea hade var aplarna mot västerväggen. Hon instruerade mig hur jag skulle tukta dem på våren så att de grenade ut sig mot väggen. Också dessa vill jag sköta exakt som Linnea lärde mig. Däremot har jag sått gräs över stora delar av trädgårdslandet. Vi odlade potatis och morötter och alla grönsaker man kan tänka sig, men det mesta jag behöver i den vägen köper jag i Stjärnhallen. Och förresten, grönsaker åt jag mest för att Linnea sa till mig. Förutom potatis har jag numera, när jag kan bestämma själv, minskat på den delen i kostcirkeln. Men några rader potatis och jordgubbar vill jag allt ha kvar.

När jag går min inspektionsrunda runt huset vinkar Inga till mig att komma fram till buxsbomshäcken som skiljer våra tomter.

"Har du sett till Nilsson på senaste tiden?"

"Nej, faktiskt inte", svarar jag. "Det var nog några dar sedan. Och det gör inget."

Inga vet att Nilsson inte är min favorit, men jag märker att hon inte uppskattar mitt svar.

"Jag är lite orolig. De gånger han gått förbi mitt hus de senaste veckorna har han sett sorgsen ut och mest tittat ner i marken."

"När du säger det så såg jag honom på håll bortåt höghuset och du har rätt, han såg lite hängig ut. Och det var ett tag sedan han stannade till för att servera någon av sina förargliga kommentarer."

"Nästa gång jag ser honom ska jag fråga hur det är fatt", säger Inga.

Ebbe Carlsson! Vilken jäkla röra! TV-nyheterna är fulla av berättelserna om hans privatspanande. Till och med i Smålands Dagblad ser jag att man ägnar en halvsida åt hans helskumma aktiviteter.

Palmemordet var en tragedi för hela landet och ett trauma som kommer att följa oss i många år. Vi hade gått omkring i den svenska idyllen och trott att sådant händer bara i andra länder. Men nu drabbade det oss, vi som anser oss lite bättre än andra och som ofta, inte utan en viss nedlåtande attityd, ser ner på andra länder och andra folk. Helt plötsligt var Sverige inte den skyddade platsen i värden. Jag får nog erkänna att också jag hade åkt dit på myten om det goda landet med de hyggliga människorna i norr.

Palmemordet blev ett uppvaknande och den ena teorin efter den andra cirkulerade i pressen. Och nu, mitt i detta, dyker en privatperson upp som tydligen har fått fria tyglar att leka agent. Sanktionerat av ministrar i regeringen och bakom ryggen på de som är satta att sköta sådant.

Man tar sig för pannan! Högt uppsatta personer i mitt omhuldade parti verkar ha helt tappat förståndet. Tur att vi har vår Ingvar Carlsson som statsminister. En rekorderlig karl som liksom jag håller på Elfsborg.

Jag känner min tvungen igår att gå ner till kiosken i korsningen Kåltorpsgatan–Queckfeldtsgatan och köpa ett exemplar av Expressen, en tidning jag av princip aldrig läser annars. Hur kunde det gå så galet?

För att få bort Ebbe Carlsson ur huvudet slår jag en signal till min gamle vän Olof, som bor på ålderdomshemmet Åkersborg på andra sidan sjön. Olof tillhör mina äldsta vänner och har mer eller mindre försvunnit in i dimmorna. Han har det bra där han bor och verkar trivas. Då och då besöker jag honom på vårdhemmet, men oftast blir det bara att jag slår honom en signal.

Idag verkar han komma ihåg mig när jag presenterar mig och vi pratar lite om vädret och hur han trivs i sitt lilla rum. Till en början löper samtalet nästan som förr, men efter ett tag börjar han virra till det.

"Du Joel, nu när vädret är så bra, ska vi inte ta en cykeltur," förslår han. "Vi kan väl sticka iväg ut till Bäckafallssjön och bada?"

Han verkar ha hamnat 50 år tillbaka i tiden. Det händer ofta numera att våra samtal spårar ur.

Tanken att det ska gå för mig som för Olof skrämmer mig. Jag märker att jag omedvetet har blivit mer och mer uppmärksam på symptom på glömska. Och visst glömmer jag mycket mer nuförtiden än då jag var yngre. Var lade jag mina glasögon? Var det igår eller i förrgår som jag var nere i centrum och handlade? Låste jag innan jag gick hemifrån? Gammelglömskan gör sig allt som oftast påmind.

Än så länge ligger glömskan på en hanterbar nivå och jag lugnas av att ingen i min släkt, vad jag vet, slutade som minnessvag och förvirrad. Förr sade vi att någon var åderförkalkad, men det har min hjärtläkare sagt betyder något annat. Senildemens är visst mer korrekt idag.

Tanken på att jag ska tappa förståndet och inte kunna ta hand om mig själv är förfärlig. Det räcker med alla mina kroppsliga tillkortakommanden. Jag är nog mer rädd för att bli senildement än att dö.

När jag jobbade glömde jag saker för att det var överfullt i hjärnan. Numera glömmer jag, trots att det är mer eller mindre tomt.

När jag berättade om min oro att gå in i dimmorna för kompisen Rolf, sa han att han varje vecka kollar på tidningens barnsidas *Finn fem fel i bilden*.

"Klarar jag fyra är jag på den säkra sidan", konstaterade han.

Jag är osäker på om det är en tillförlitlig diagnostisk metod.

För en tid sedan kom jag att tänka på min kusin Gunnars olycka med sin avsågade hand. Nu återvänder tankarna till Gunnar och en resa som jag och Linnea gjorde för ett tjugotal år sedan, ner till Skåne för att hälsa på sonen som läste på universitet. På hemvägen passade vi på att söka upp Gunnar i hans hem i Hörby för att höra hur det var med honom. Jag hade inte träffat honom på många, många år och han uppskattade vårt besök, det kunde man märka.

Vi förundrades över hur skicklig han var med sin vänsterhand. Han målade och han skrev, men kunde inte köra bil. Det fick hans hushållerska göra. Vi undrade insinuant och något fördomsfullt över vilken relation han hade med hushållerskan, de tycktes leva som ett gift par, men vi gladdes åt att se hur väl omhändertagen han var och hur bra de verkade trivas ihop.

Trots olyckan med den avsågade handen hade det gått bra för Gunnar. Ledningen på fabriken i Sandhem gav honom chansen att börja studera, och han blev ingenjör och flyttade till Lidköping. Där fick han en bra anställning inom Svenska Sockerfabriks-aktiebolaget. Han steg i graderna och blev så småningom disponent inom koncernen.

Gunnars olycka leder tankarna till när jag som grabb började som passopp på fabriken därhemma. Under åren fick jag pröva på allehanda sysslor. Jag var glad att jag hade ett jobb och fann mig väl tillrätta. Cheferna var i allmänhet hyggliga och uppmuntrande mot mig och jag trivdes fint med arbetskamraterna. Samtidigt såg jag hur hårt många av arbetarna fick slita för att försörja sina familjer. Och alla blev inte lika väl behandlade av cheferna som jag.

Men även om jag trivdes hyfsat bra på jobbet ville jag något mer. Alla sa att jag hade läshuvud, men chanserna att få studera var små för en arbetargrabb som jag. Föreningslivet i IOGT och SSU blev mitt universitet.

1920-talet

Jämfört med många arbetsplatser var förhållandena bra för arbetarna på fabriken där August och pojkarna jobbade. I en tid av oro på arbetsmarknaden hade disponenten förstått värdet av att ha nöjda arbetare. En del beslut som fattades var radikala för sin tid, och under några år då fabriken gick med vinst avsatte man medel till en pensionsfond. Tanken var god, men fonden blev aldrig formellt registrerad, så i de ekonomiskt svåra tiderna efter kriget försvann pengarna till annat.

På fabriken fanns också ett beslut att de anställda skulle ges möjlighet att bada i fabrikens badhus. I anslutning till ångmaskinen där man hettade upp vatten hade man byggt ett badhus. Beslutet om fri tillgång till badhuset för arbetarna var mycket uppskattat, men med tiden ockuperades badet alltmer av disponenten och de andra cheferna, och av deras familjer och bekanta. Arbetarna kom i andra hand och de äldre gubbarna ville därför inte längre gå dit och mötas av struntförnäma fruar, som de sa.

Nu blev Joel förbannad och samlade de yngre arbetarna.

”Detta är en förhandlad förmån och vi har rätten på vår sida”, sa han. ”Det vore fel att ge efter för kärringarna som sitter i bastun och gottar sig. Vi ska hävda vår rätt!”

”Det här är en klassfråga”, drog han till med för säkerhets skull. Det hade han hört föreläsarna på arbetarmötena säga.

Efter det gick grabbarna i protest till badet och damerna fick finna sig i att hålla sig undan. Badandet blev en vana och man fortsatte att gå dit efter jobbet. Det kunde ledningen inte säga något om, beslutet låg fast. Segern, om än blygsam, gav arbetarna råg i ryggen och principbadandet förde det goda med sig, att så rena arbetare fanns inte i hela Sandhem.

Joel inhöstade en hel del beröm bland arbetarna för sitt initiativ och nu förstod Joel att han hade arbetskamraternas öra. Trots sin ungdom lyssnade man på honom och August gick omkring och var lite stolt över sonen.

Det var vid den här tiden som Joel märkte att hans far hade börjat få problem med hälsan. Det kom fram i samband med att en järnvägsvagn med köksskåp skulle baxas ut från fabrikens stickspår till vändskivan vid huvudjärnvägen. En fullastad vagn var så tung, att det krävdes att halva styrkan i fabriken måste hjälpa till. Då såg Joel hur August stannade upp och knappt kunde andas. Han sjönk ihop och fick hjälpas fram till en brädstapel där han kunde sitta ner och hämta sig.

"Hur är det fatt pappa", frågade en orolig Joel.

"Det är ingen fara med mig", sa August, trots att alla kunde se att han mådde lågt ifrån bra.

"Låt mig bara få ta igen mig lite, så kan jag gå tillbaka till hyvelbänken."

Men Joel förstod att hans fars hälsa sviktade och att det nog inte skulle dröja så länge innan han tvingades sluta på fabriken.

Joel gick tidigt in i Godtemplarlogen, eller Logen som man oftast sade. Fylleriet var utbrett i samhället och i Sandhem växte nykterhetsrörelsen sig stark, parallellt med frikyrkorna. Från början var den opolitisk, men i början av 1900-talet blev arbetarfrågan allt viktigare och många medlemmar var också aktiva inom socialdemokratin och fackföreningsrörelsen. Särskilt inom Godtemplarrörelsens ungdomsförbund fanns ett starkt politiskt intresse med tydlig vänsterinriktning. Här hittade Joel likasinnade med samma engagemang i samhällsfrågor som han själv, och här fick han sina första lärospån i föreningskunskap och sammanträdesteknik. Det var erfarenheter han skulle ta med sig ut i livet.

Joels föräldrar, särskilt Hanna, såg med oro hur engagerad Joel var i den allt mer radikala nykterhetsföreningen. Det var förstås bra att han var nykterist, men vänstervridningen skrämde henne. August höll en lägre profil i frågan. Han visste hur svårt arbetarna hade det och hur stort behovet var att öka arbetarnas inflytande på arbetsplatserna. Men även han var tveksam till ungdomsklubbens vänstervridning. De flesta lutade åt socialdemokratin eller liberalerna, men det fanns också renläriga kommunister bland medlemmarna.

"Du dras väl inte in i några bråkigheter", frågade Hanna oroligt vid matbordet. "Man hör så mycket om revolution och kommunism och andra otäckheter."

Pastorn i Allianskyrkan, där både hon och August var medlemmar, var avogt inställd till socialismen och det höll han inte inne med under sina predikningar. August stod med den ena foten i frikyrkan och den andra i arbetarrörelsen, medan Hanna var starkt påverkad av prästens uppfattningar. Joel var märkbart störd över att Hanna ifrågasatte hans engagemang.

"Jag har med egna ögon sett hur illa arbetarna behand-
las av arbetsgivarna och jag kommer alltid att stå upp för
rättvisa i samhället", svarade han trotsigt.

August märkte den spända stämningen vid bordet och
inflikade.

"Nu ska ni inte bråka om detta. Ungdomarna i logen är
i allmänhet hyggliga, även om där finns en och annan bråk-
stake. Men de flesta är sansade som Joel."

"Vi är en demokratisk förening och de ansvariga är bra
människor", fortsatte Joel nu när han fått upp ångan. "Vi
arbetar för människors bästa och vad gäller kommunis-
terna i klubben så är dom som vi andra, även om dom vill
ta till mer våldsamma åtgärder för att vi ska nå våra mål.
Och vi sossar är betydligt fler än dom."

Men han undvek att gå in i någon djupare diskussion
med Hanna. Han visste vad hon tyckte, men kände samti-
digt stödet från August. August tillhörde de inom nykter-
hetsrörelsen som ville förändring i samhället. Han hade
själv varit med om att grunda Nykterhetsfolkets sjukkassa
i Sandhem, där han nu var kassör, och hans sympatier låg
åt vänster i politiken även om han inte var medlem i arbe-
tarpartiet. Han engagemang var betydligt större i Allians-
församlingen, särskilt i kyrkokören.

Men besvikelsen över Joels vägran av att följa med för-
äldrarna till Allianskyrkan var tydlig hos Hanna.

I föreningshuset hade man börjat med bio. Uttrycket bio
hade inte slagit igenom i Sandhem ännu, här sa man fort-
farande "levande bilder". Populära filmer var *Fyrtornet och
släpvagnen* och Selma Lagerlövs *Körkarlen*.

Även om Joel som alla ungdomar tyckte om att se fil-
merna som visades, kom Nykterhetsbiblioteket att betyda

mest för honom. Biblioteket drevs också av Logen, och här fanns helt andra böcker än på Sockenbiblioteket. I Logens bibliotek dominerade modern skönlitteratur och all sköns böcker för utbildning. De flesta av medlemmarna hade bara gått folkskolan och suget efter kunskap var enormt. Logernas och arbetarrörelsens bibliotek kunde söka statliga medel att införskaffa böcker och Nykterhetsbiblioteket i Sandhem kunde köpa in mellan tio och femton böcker varje år.

Joel var en aktiv medlem i Logen och det dröjde inte länge innan han, trots sin ungdom, blev invald i bibliotekets styrelse. Här talade han mycket för sin egen sak eftersom hans läshunger hade ökat med åren. Han hade goda kunskaper om vilka författare som var aktuella och snart blev han utsedd att ansvara för biblioteket, med stort inflytande över inköpen av nyutkomna böcker.

Nu kunde han tipsa de andra i styrelsen om flera av den tidens storsäljare. Böcker av de svenska arbetarförfattarna köptes in, vilka också tillhörde de mest lånade. Selma Lagerlöfs böcker var också populära liksom böckerna av de utländska författarna Rudyard Kipling och Jules Verne.

I sysslan som bibliotekarie ingick att städa lokalerna och förbereda för olika möten. En viktig uppgift var också att hålla igång värmen i kakelugnarna. På ovanvåningen höll föreläsningsföreningen till. Besöken av kringresande föredragshållare var en stor attraktion som drog fulla hus, oavsett vilket ämne som presenterades.

När den kände upptäcktsresanden Sten Bergman kom på besök ville till och med Hanna följa med till Logen. Där fick hon med egna ögon se hur Joel med van hand styrde och ställde i lokalen. Han satte fram en vattenkaraff till föredragshållaren och letade fram extrastolar till åhörare som anlänt sent.

"Jag såg att du pratade med herr Bergman", sa hon efteråt. Inte utan stolthet i rösten.

"Han talade lite konstigt men annars var han trevlig", svarade Joel. "Jag bjöd honom på kaffe innan han skulle börja och efteråt kom han tillbaka och ville ha påtår."

"Men visst var det konstiga historier han berättade. Är det verkligen sant, eller hittar han på?"

"Nog är det sant, jag har läst om hans resor i Asien och han har besökt många spännande platser."

"Ja du får då vara med om mycket du, Joel."

Kapitel 7

Juni

Inga har rätt, tänker jag. Det är glest mellan tillfällena jag sett Nilson gå förbi. Och när han vid något enstaka tillfälle dykt upp med hunden, har han tittat ner i backen och inte gjort någon ansats till att stanna och prata. Det är olikt honom. Jag kan inte säga att jag direkt saknat hans retsamma kommentarer, men att det är något som inte står rätt till med Nilsson, det är då säkert.

Längre fram på dan ser jag hur Inga går och krattar i trädgårdslandet och jag vinkar till mig henne. Vi möts över häcken som vanligt.

"Jag såg Nilsson gå förbi idag och jag håller verkligen med dig, han ser alls ut som förr. Han är kanske sjuk. Jag tycker riktigt synd om honom. Till och med hans fula hund såg hängig ut."

"Jaså", svarar Inga. "Inga bitska och retfulla kommentarer om Nilsson idag? Men lite medkänsla klär dig. Jag börjar tro att du saknar att munhuggas med honom. Därinne tickar nog ändå ett gott hjärta", fortsätter hon, och sätter pekfingret i mitt bröst.

"Ja, du kan ha rätt i att jag trots allt kanske saknar hans sarkasmer en aning", svarar jag. "Hans prat är möjligen bara ett sätt för honom att söka kontakt. Det är nåt som inte står rätt till med Nilsson. Vi får hålla ett öga på honom", hör jag mig till min egen förvåning säga.

Det sitter förstås ganska långt inne att gå och tycka synd om Nilsson, tänker jag när jag gått in. En sak jag retat mig på är att han kan börja ett samtal med en till synes omtänksam fråga om hur jag mår, men snart märker jag att han inte lyssnar på svaret. I stället avbryter han mig och börjar prata om sig själv och sina sjukdomar. Men detta är han i och för sig inte ensam om, det är ett vanligt fenomen bland oss åldringar. Att grotta ner sig i sina egna sjukdomar. Jag får vakta på mig så att jag inte själv blir likadan och glömmer bort att lyssna på andra.

Jag kanske borde gå fram till honom nästa gång han går förbi, tänker jag. Han är ju trots allt någon form av kompis. Och jag kanske inte alltid har varit så tillmötesgående, säger samvetet inom mig.

Jag funderar på Nilsson när jag går den korta promenaden till Skogskyrkogården, men vaknar upp ur mina tankar då jag hör de glada skratten från barnen i förskolan. Jag blir glad när jag hör barnen busa runt på skolgården. Så mycket positiv energi och så mycket sorglöshet! Från skolgården hörs en glad melodi som uppmanar barnen att hoppa och snurra, och kring lärarna samlas barnen i klungor och gymnastiserar. Barnens upprymdhet smittar av sig och stegen till kyrkogården blir lättare.

Barnens skratt ska jag berätta om för Linnea vid graven, tänker jag. Hon tyckte mycket om barn.

Nu på sommaren är det extra rofyllt att sitta på parkbänken vid Linneas grav. Det är gott om småfåglar i träden, och vid de välskötta gravarna växer buskar och blommor. Jag har bett vaktmästaren plantera perenner så att det ska finnas blommor hela sommaren och hösten. Nu väntar jag på att rosenspirean ska slå ut. Det är en fin plats för en grav och jag har lämnat utrymme på gravstenen åt mitt eget namn.

Det är konstigt, men när jag sitter där får jag för mig att Linnea tittar ner på mig och hör mina tankar.

Jag har aldrig varit religiös, nästan tagit avstånd från allt vad religion och kyrka står för. Min inställning till religion bottnar säkert i mors och fars stränga religiositet och deras underdåniga hållning till pastorer och andra tongivande personer i församlingen. Jag tyckte som ung att kyrkan höll tillbaka människorna, i motsats till den tro på förmågan att ta sig ur fattigdomen som jag hörde predikas inom arbetarrörelsen. Men kyrkan och pastorerna är en sak, en annan är tron på det oförklarliga i tillvaron och vad som egentligen möter en efter livet på jorden.

Jag blir förvånad över mig själv hur jag kan sitta och konversera Linnea i solskenet på en parkbänk och uppleva att det nästan är på riktigt. Jag slås av tanken att jag kanske innerst inne alltid trott på att det finns någon högre makt som styr tillvaron, och som ger hopp om att möta sina kära när det är dags. Tänk om jag varit religiös hela livet utan att veta om det, skrattar jag till.

Det är som om ett lugn sprider sig i kroppen där jag sitter med mina minnen. Våra minnen förresten, det blev många år tillsammans.

Det är mycket som händer under ett långt liv, en del sorger har vi fått dela, men framförallt många stunder av glädje. Det var nog inte så lätt för Linnea då jag arbetade som mest och hon fick ta hela ansvaret för hemmet och barnen. Jag jobbade heltid på fabriken, samtidigt som jag skötte företagets bostadsbyggande i stan. Det var många kvällar då jag bara hann hem och kasta i mig kvällsmaten, för att direkt cykla iväg till något sammanträde. Varje gång vi drog igång en ny bostadsrättsförening satt jag som ordförande i föreningen tills den kommit igång. Och under första tiden hade jag kontoret i hemmet och tog emot bostadssökande i köket. Och så satt jag ju också med i kommunens byggnadsnämnd och i stadsrevisionen, så där gick ytterligare en hel del kvällar. Jo, Linnea fick dra ett tungt lass, det är då säkert.

Det har snart gått 60 år sedan depressionen spred sig över världen. Jag minns hur stor arbetslösheten var här i landet, och lilla Sandhem var inget undantag. Ena dan hade jag ett jobb att gå till, nästa dag var jag arbetslös.

Jag förstår av egen erfarenhet hur tufft det är för dagens ungdomar som inte kommer in på arbetsmarknaden. Det är nedbrytande för moralen och jag tror att det ger upphov till mycket rackartyg och skit.

Arbetslösheten på 30-talet gav grogrund för nazistiska strömningar och även i ett samhälle som Sandhem fanns de som mer eller mindre öppet sympatiserade med Hitlers idéer. Som motkraft stod en aktiv föreningsverksamhet, inte minst idrottsföreningen. I Sandhem kom fotbollen att betyda mycket för att sysselsätta oss arbetslösa ynglingar.

Som SSU-are var jag förstås emot allt vad nazismen stod för. Mitt första möte med nazismen var när jag i samband med ett val stod och delade ut valsedlar utanför vallokalen. Det bör ha varit 1932. Utanför röstlokalen stod också en ung man som representerade nazistpartiet, utskickad från Göteborg. Vi var flera som var på honom och munhöggs, men han verkade hygglig, nästan blyg och jag tror att vi uppförde oss hyfsat. Vad jag minns fick nazisterna, eller Nationalsocialistiska partiet som det hette, inte en enda röst i Sandhem.

När dan var slut slog han och jag följe mot järnvägsstationen, han skulle åka hem till Göteborg och vi bodde på vägen till stationen. Jag hade noterat att han inte fått någon mat på hela dan medan vi andra plockat fram våra medhavda matsäckar, så jag tog in honom till morsan och bjöd honom på lite kaffe och smörgåsar innan hans tåg skulle gå. Mor och far tog emot oss med höjda ögonbryn, men i sann kristen anda utspisades han. Far var störd efteråt, men mor hävdade att det var rätta sättet att behandla en ung man på villovägar.

Jag vet, man ska inte fraternisera med fienden, men jag tyckte så jäkla synd om honom!

Ju mer jag tänker på det, desto tydligare framstår satsningar på att ge ungdomar möjlighet att sysselsättas i olika föreningar som den bästa medicinen mot oro och kriminalitet i samhället. Idrotten, som jag sett från insidan i min ungdom, förenar, är hälsosam, ger sociala färdigheter och bygger karaktärer. Samhällets bästa socialarbetare, om ni frågar mig. Något för politiker i alla tider att ta fasta på.

Efter dessa samhällspolitiska funderingar glider tankarna över till 1930-talets arbetslöshet, men också till den lyckliga slump då jag träffade min kära Linnea. Mitt ute på landet och vid en vattenpump av alla ställen. Det var en lyckodag som vägde upp dagarna av umbäranden!

1930-talet

”Joel, kan du titta förbi när det är lämpligt att ta paus”, sa verkmästare Svensson när han passerade Joel vid maskinen.

”Visst”, svarade Joel. ”Inga problem.”

Svensson var en allmänt omtyckt arbetsledare som ofta tog arbetarnas parti när fabriksledningen satte press på de anställda. Han uppfattades som rättvis när han fördelade arbetsuppgifterna och gav arbetarna stort eget ansvar och ingrep bara när det verkligen behövdes. Joel hade i smyg studerat hans sätt att arbeta och hade bland annat upptäckt hur listigt han granskade kvaliteten i de utförda jobben. Till mångas förvåning hjälpte Svensson alltid till att bära in virket från sågverket till snickeriet, det vanliga var att cheferna aldrig lämnade skrivbordet, men på så sätt såg han till att sågverket levererade bräder av hög kvalitet. Likaså fanns han alltid till hands för att vid behov hugga i när de färdiga arbetena lastades upp på järnvägsvagnarna. Där såg Joel hur han samtidigt inspekterade varorna som skickades iväg. Utan att verka kontrollerande upptäckte han direkt vem av arbetarna som hade slarvat och visste exakt till vem han inte kunde anförtro de svåra jobben.

Joel lade Svenssons sätt att leda arbetet på minnet och det fick honom att fundera på hur han själv skulle fungera om han någon gång skulle hamna i samma sits. Att få ett jobb som Svenssons vore något att sträva efter.

Inne på kontoret bad Svensson honom att sätta sig ner på besöksstolen, något han aldrig gjort tidigare.

"Du känner säkert till vilken situation företaget befinner sig i", började han försiktigt. "Tiderna är svåra och allt tyder på att vi måste slå igen till sommaren. Det byggs i princip ingenting och enligt ledningen är det tomt i orderböckerna."

"Du får gå efter denna veckan", fortsatte han. "Och jag hoppas att du kan hitta någon annan försörjning. Det är svårt, det vet jag, men jag kommer att skriva ett rekommendationsbrev som jag och disponenten undertecknar. Du ska veta att vi tycker du gjort ett förträffligt jobb och hade verksamheten kunnat hållas igång hade jag gärna sett att du fått ett större ansvar."

"Jag kan bara önska dig lycka till", avslutade han. "Du är ung och har framtiden för dig. Värre är det för oss äldre. Till sommaren kommer vi alla att få lämna."

Joel och de andra arbetarna hade en tid anat att något var på gång. Bara något halvår tidigare trodde han att hans anställning på fabriken var trygg, men mycket hade hänt i landet det sista året.

Det hade börjat med att orosmolnen hopade sig utomlands. Först kom börskraschen i USA med en nedgång i ekonomin som snabbt spred sig till Europa. De första åren in på 1930-talet gick det fortfarande bra för industrin i Sverige och arbetslösheten var låg, men snart drabbades även vårt land.

Fabriken i Sandhem höll ut ett tag, men började snart få stora problem. Sågverket lades ner först och snart därefter hela fabriken. Hans skickades hem i första omgången, men nu var det alltså Joels tur. August var en av de sista arbetarna som skulle komma att få gå, men vid midsommar var det hans tur.

Nu saknade alla i familjen fast inkomst och oron var stor vid matbordet dagen August hade fått sluta. Under senare tid hade han börjat få problem med hjärtat och det var otänkbart att han skulle hitta ett nytt arbete. Och Hans, som inte var helt arbetsför av andra skäl, hade definitivt inte någon möjlighet att få jobb.

"Vi får väl försöka hanka oss fram så gott vi kan", sa Hanna, som alltid var den som tog kommandot i familjen.

"Jag kan nog tjäna en slant på vävningen och du August kan kanske få en och annan beställning på något snickeriarbete."

"Det är kärvt med byggnation i dessa dagar", sa August. "Men jag får kasta ut några krokar. Nu när fabriken har slagit igen kan det kanske gå att få en och annan beställning, man kan ju alltid hoppas på reparationsarbeten. Tur att jag har snickarboden i uthuset att hålla till i."

"Vad säger du, Joel", fortsatte Hanna, "tror du att du kan hitta något jobb så vi håller oss flytande?"

Joel var nu drygt tjugo år gammal och var den i familjen som låg bäst till för att få jobb. Nu gällde det att alla i familjen hjälpte till, och ansvaret vilade tungt på Joel.

För att försöka avhjälpa arbetslösheten inrättade staten beredskapsarbeten. På detta sätt skapades nya arbetstillfällen, samtidigt som ekonomin stimulerades. Joel hade turen att få ett och annat ströjobb som finansierades av det offentliga. Arbetstillfällen dök upp lite här och där och främst rörde det sig om jobb på olika vägbyggen i Västergötland, men även långt nere i Småland. Det var ett slitsamt jobb och boendet var torftigt, men Joel klagade inte. Det var välkomna pengar för familjen.

Samtidigt som han gick på beredskapsarbete höll han ögonen öppna efter andra möjligheter. Av en släkting som var konduktör hade han fått tipset att söka anställning vid SJ. I en orolig tid som denna fanns ingen lika trygg anställning som inom SJ. Släktingen tyckte att Joel borde lämna in en ansökan, men först måste han skaffa sig någon form av rekommendationsbrev. Han gick till stationsmästaren i samhället för att fråga om han kunde gå i god för Joel. Svaret han fick var burdust.

"Jag har försökt att få in min egen son på SJ utan att lyckas, och du tror väl inte att jag skulle låta dig gå före honom i kön!"

Det var klara besked och jobb inom SJ blev det således inte.

I samma veva sökte han anställning som springpojke i Korporativas affär, men det gick till en annan grabb.

Joel blev inte särskilt nedslagen för det. Innerst inne lockade det inte att bli järnvägare och han kunde inte se sig själv som bodknodd resten av livet. Han hade alla år jobbat med trä och tyckte att han lärt sig snickarhantverket från grunden. På fabriken kände han sig uppskattad, men hela tiden gnagde tankarna att han ville göra något mer av livet än att stå på fabriksgolvet. Utan någon form av utbildning skulle han emellertid bli fast på golvet, det insåg han. Det var inte särskilt lockande när han såg hur illa August farit av det hårda och enformiga slitet.

Ett av Joels beredskapsjobb var vid ett brobygge några mil norr om Sandhem. Det var sommar och under veckorna övernattade jobbarna i en hölada. Men varje helg cyklade Joel hem till Sandhem. Han hade listat ut en genväg genom skogen öster om Kymbo, som gjorde att han skulle vinna några kilometer. Han tog sig fram på knaggliga körvägar med mittsträng av gräs, en kort bit var det bara en skogsstig. Efter någon timma kom han till en lantgård, där vägen gick över gårdsplanen mellan boningshuset och lagården.

Det var strålande solsken och trots att det var sent på eftermiddagen var det rejält varmt. Svetten rann nedanför nacken. Då såg han en ung kvinna stå och pumpa upp vatten ur brunnen på gårdsplanen och stannade till.

"Ursäkta", började han försynt. "Skulle jag kunna få lite vatten att dricka?"

"Visst får du det", svarade hon leende och synade honom från topp till tå.

Hennes öppna blick och självsäkra sätt gjorde honom förlägen och osäker på sig själv. Hon var klädd för ladugårdsarbete, men bar upp kläderna som om hon vore på dans. Ur hinken vid brunnen slevade hon upp en överfull skopa vatten och räckte honom. Han tömde den i ett drag.

"Du var mig en törstig en", skrattade hon. "Har du cyklat långt?"

"Vi bygger en bro bortåt Vättak och nu är jag på väg hem till Sandhem. Jag fick tips av bonden där vi övernattar, att det skulle finnas en genväg till stora landsvägen. Hoppas att jag är på rätt väg."

"Det är du", svarade hon. "Du tar till höger vid nästa vägskäl och sen är du snart ute på landsvägen."

Flickan var lättpratad och Joels värsta osäkerhet hade släppt.

"Kan jag få lite mer", sa han, mest för att förlänga samtalet.

Hon räckte honom en full skopa som han hällde över huvudet så att hela skjortan blev genomblöt.

"Det där fick dig säkert att piggna till så att du orkar ända hem", skrattade hon.

Joel hade gärna stannat längre och språkat med henne, men när han såg en äldre man komma ut ur boningshuset tackade han för sig och hoppade upp på cykeln. En bit ner i backen sneglade han över axeln och såg att hon stod och tittade efter honom. Han vinglade till och höll till flickans förtjusning på att köra rakt in i svinhuset.

Nästa vecka tar jag samma väg, tänkte han.

Genom fotbollen hade Joel lärt känna byggmästare Grahn, en varm anhängare av samhällets fotbollslag och som stöttade klubben ekonomiskt.

Tack vare sin kontakt med Grahn fick Joel tillfälligt jobb där man skulle räta upp en ladugård som hade börjat luta. Men efter ett par veckor var det klart. Efter en kortare tid av arbetslöshet kontaktades han emellertid av Grahn som höll på att bygga ett hotell i samhället. Denna gång varade anställningen i ett par månader.

Under sin tid på fabriken hade Joel upplevt flera arbetsolyckor. Han visste hur farligt det kunde vara om man inte var försiktig och planerade sitt arbete noggrant. Men under hotellbygget var det på håret att han själv hade råkat riktigt illa ut.

Joel och en annan jobbare höll på att brädfodra huset. Joel stod nere och spikade fast bräderna och den andre stod ovanför på en byggställning. Grabben på ställningen hade under hela byggtiden tittat snett på Joel och menade att Grahn favoriserade honom, vilket det kanske låg något i. Grahn litade fullt ut på Joel.

Rätt som det var stötte grabben till en yxa som han lagt ifrån sig på ställningen. Där under stod Joel med böjd rygg och spikade då yxan kom farande uppifrån. Han träffades i nackslutet, men som tur var inte med den skarpa eggen.

"Vad i helvete tar du dig till", ropade Joel och satte sig omtöcknad på marken.

"Du kan väl se upp själv", svarade grabben.

"Jag kan väl för tusan inte stå och titta på hur du dräller omkring däruppe, samtidigt som jag spikar", skrek Joel.

Snart kom de andra gubbarna springande och insåg hur nära det var att Joel hade fått ett dödligt hugg i nacken.

Efter någon halvtimma, när den värsta smärtan hade gått över, kom skräcken och insikten om vad som kunde ha hänt. Han började darra i hela kroppen och var nära att svimma. Nu hade Grahn kommit till bygget. Han förstod situationen och skickade hem Joel för dagen.

När Joel satt i lugn och ro hemma kunde han inte låta bli att tänka på grabben som orsakat olyckan. Hade han gjort det med flit? Kanske inte med avsikt att skada Joel, men kanske för att skrämma honom. Han såg ju Joel som en rival om fortsatt anställning i en tid då det var konkurrens om de få jobben som stod att få. Många i samhället gick arbetslösa.

Men grabben sågs av många som slarvig. Det var inte första gången som han orsakat problem, och sannolikt var det rent slarv som lett till händelsen med yxan, inte illvilja. Joel styrktes i denna uppfattning längre fram då grabben själv snubblade och föll från första våningen med huvudet före rakt ner i en tunna med krossat glas som stod i källaren. När han drogs upp ur tunnan blödde han ymnigt, sönderskuren i huvudet och ansiktet.

Själv tänkte Joel att det var tur att han befann sig på ett annat ställe på bygget, så att han inte kunde skyllas för att ha gett igen för olyckan med yxan.

Jobbet hos Grahn var slut, och en kväll när Joel satt med några arbetslösa kompisar från fabriken och diskuterade hur de skulle kunna hitta något jobb, kom Joel med ett förslag han ruvat på en tid.

"Det ser dystert ut med jobb", började han. "Jag tittade förbi på Arbetskontoret idag och det finns bara några få korta påhugg lediga, alla på någon bondgård. Och att jobba för snåla bönder är inget för mig i alla fall."

"Vad tror ni om möjligheterna att vi slår oss samman och lägger in anbud på några byggprojekt som planeras i samhället. Tillsammans har vi erfarenhet från olika områden, så nog skulle vi kunna ro ett bygge i land."

Diskussionerna ledde till att man lade ett anbud på ett kommunalhus som skulle byggas i samhället. Joel valdes som byggherre, men detta första försök i byggbranschen gick inte så bra. Man vann visserligen upphandlingen och byggde klart huset, men när sluträkningen var klar fann de, att trots att de själva bara hade tagit ut 60 öre i timman i lön, fattades det några hundra kronor. Det fick de själva skjuta till för att kunna betala skulderna till de olika leverantörerna.

Efter den misslyckade starten som byggherrar fick Joel och kompisarna återgå till de ströarbeten som stod till buds i form av olika nödhjälpsarbeten, finansierade av staten. Nu tvingades de igen att kuska runt på olika byggen i trakten. Men grabbarna behövde pengar till hyra och mat och det var tur att det statliga Arbetskontoret fanns, som organiserade hjälparbeten och delade ut arbetslöshetsbidrag och matkuponger till de mest utsatta.

Kapitel 8

Juni

I morse ringde jag min gamle vän Rolf. Jag har alltid gillat Rolf, trots att vi är tämligen olika. Eller kanske just därför. Han är talför och har synpunkter på det mesta och har alltid en rolig historia i beredskap. Själv tror jag att jag upplevs som mer tystlåten och berättar sällan roliga historier. Jag har så lätt för att tappa bort själva poängen.

"Jag träffade Nilsson på vårdcentralen i förra veckan", sa Rolf. "Han var inte lika talträngd som vanligt och såg lika fräsch ut i nyllet som slutet på en Stureost. Hur är det med honom egentligen?"

Han känner Nilsson ungefär lika mycket som jag och vi har gemensamt konstaterat att det räcker med det.

"Det är definitivt något som inte står rätt till med honom", svarade jag. "Eftersom ni sågs på vårdcentralen så ligger det väl nära till hands att tro att han är sjuk. Inga tycker att vi ska hålla koll på honom. Hon säger att han ändrat beteende. I stället för att stanna och predika över självvalt ämne tittar han bort när han går förbi."

"Som sagt, jag såg hans gulbleka nuna på vårdcentralen. Förr i tiden stötte man på folk man kände på Systemet, nu ses man på borta på vårdcentralen eller på apoteket", konstaterade Rolf avslutningsvis och lade på luren.

Efter funderingarna kring samtalet med Rolf återgår jag till vardagsbestyren. Det finns alltid något som ska göras. Och det är bra, då blir det aldrig långtråkigt.

I källaren har vi tvättmaskinen, mangeln och torktumlaren. Under sommaren använder jag nästan aldrig torktumlaren. I stället hänger jag tvätten på torkvindan, som Linnea såg till att vi skaffade direkt när vi flyttat in. Hon sa alltid att tvätten luktar så mycket bättre efter att ha torkat i vinden. Och jag håller med.

För Linnea var det viktigt att dra och sedan mangla lakanen. Här fick jag tänka till när jag blev ensam. Hur drar man lakan när man är själv? Det löste sig när jag tog upp frågan i Götes varuhandel där vi köpt tvättmaskinen. Göte visade en manick som man skruvar fast i väggen och som håller fast den ena sidan av lakanet, så nu klarar jag även att dra mina lakan själv. Fast den trivsamma samvaron då vi utförde bestyren tillsammans saknar jag förstås. Små och obetydliga vardagssysslor som i all sin torftighet förgyllde tillvaron.

Nu ringer grannpojken Albin på dörren och frågar förväntansfullt om jag vill sparka boll med honom.

"Mamma har sagt att vi får spela på gatan om inga bilar kommer och vi är försiktiga", säger han.

Jag skulle nog aldrig ha skrutit för honom om min karriär som fotbollsspelare i ungdomen. Överdrev antagligen mina framgångar en aning, eftersom han återberättat mina 'succéer' för flera av grannarna. Men jag måste erkänna att jag aldrig har kunnat passera en fotboll utan att sparka till den, så jag är lättövertalad. Hoppas bara att ingen granne ser mig. Jag behåller gärna mitt oförtjänta rykte som framgångsrik fotbollsspelare.

Efter ett tag måste jag avbryta och pusta ut. Jag ursäktar mig för avbrottet och upplyser Albin att jag måste iväg och titta till Linneas grav. Det var en par veckor sedan jag var där sist, annars brukar det vara kortare mellan besöken. Vi sätter oss på trappan för lite eftersnack innan jag går iväg.

Nu har barnen sommarlov, så några glada skratt från skolgården hörs inte när jag passerar. I stället hörs fåglarna desto bättre. Jag konstaterar att min hörsel är god, precis som synen. Jag gick omkring med en ordentlig skelögdhet i flera år innan jag fick hjälp av ögonläkare. Svårt för att att läsa eftersom bokstäverna var dubbla och jag blev trött efter att bara några sidor i tidningen. Och ibland var det till och med svårt att hålla balansen när jag var ute på promenad. Farsan och brorsan hade samma problem, men på den tiden fanns ingen hjälp att få. Men min ögonläkare korrigerade min syn. Lokalbedövning och några enkla snitt runt ögonen löste problemet. Nu ser jag perfekt när jag går här på trottoaren. Det är fantastiskt vad läkarna kan nuförtiden.

På kyrkogården har vaktmästarna nyss krattat grusgångarna inför helgen. Det är så prydligt att jag väljer att gå på gräset vid sidan för att inte förstöra deras jobb.

Vid graven slår jag mig ner på min vanliga bänk. Allt är stilla, inte en vindpust, och det luktar terpentin från de ståtliga tallarna som står där, insprängda mellan björkarna. Eller är det kanske inte terpentin? Nu blir jag osäker, men jag känner tydligt igen doften från svampskogen med Linnea. Forskarna säger att friska tallar doftar mest. De här tallarna är i så fall kärnfriska.

När jag tittar bortåt skogsbrynet tycker jag mig se ett bekant ansikte. Visst är det Nilsson som sitter där borta? Kanske ska jag gå en omväg när jag går hem och passa på att fråga honom hur han mår? Det kanske kan kännas lite påfluget, men vi är ju flera som går omkring och undrar just det.

När jag kommer fram till honom ser jag att han sitter med dimmig blick och tårar på kinderna. Jag borde inte störa, men nu är det för sent att vända eller passera förbi och låtsas att jag inte känt igen honom.

"Hej Nilsson, hur är det fatt?"

Det känns konstigt att tilltala honom med efternamn, men jag vet faktiskt inte vad han heter i förnamn.

"Hej Joel", svarar han överraskad och tittar upp med en blick långt ifrån lika självsäker som vanligt. Det syns tydligt att han är ledsen, men eftersom han inte visar att han vill vara ensam slår jag mig ner vid sidan om honom. Hunden ligger under bänken och tittar på mig lika sorgset som sin husse.

"Greta har gått bort", fortsätter han och pekar på graven mitt emot där buketter och ett par kransar med vissnade blommor ligger kvar efter begravningen.

Jag visste att Nilsson var gift, men har inte träffat hans fru. Hon har aldrig varit med på hundpromenaderna och han har aldrig nämnt hennes namn under våra korta samtal. Inte så konstigt då, att varken jag eller Inga har uppmärksammat hennes bortgång, trots noggrann bevakning av dödsannonserna i Smålands Dagblad.

"Hon har varit sjuk länge och har mest varit sängliggande", fortsätter han. "Det är säkert två år nu som vi fått hjälp från hemtjänsten. Men nu orkade hon inte längre. Vi har haft ett bra liv tillsammans. Jag saknar henne mycket. Men du vet ju hur det är, Joel, att förlora sin hustru."

Så här mycket har Nilsson aldrig avslöjat om sitt privatliv under alla år. Mest har han haft synpunkter på allt mellan himmel och jord, inklusive hur jag sköter min trädgård. Kanske har mina korthuggna och något syrliga svar avhållit honom från att avslöja något om sig själv? Det är inte utan att jag får dåligt samvete när jag sitter här och lyssnar på honom. Hade jag känt till fruns sjukdom hade jag kunnat vara lite mer tillmötesgående.

"Hon kämpade emot bra, men till sist vann cancern över henne", fortsätter han. "Vi fick tyvärr inga barn, så nu är man ensam kvar. Jag och hunden", säger han och ger hunden en klapp på ryggen och får en fuktig hundblick tillbaka.

Jag vet inte vad jag ska säga. Det är alltid svårt att komma på någon vettig kommentar när man möter en person som nyss förlorat en nära anhörig. Jag minns själv hur många stapplande beklaganden jag fick av vänner och bekanta när Linnea gått bort. Men jag uppskattade deras välmenade försök att trösta. Deras omsorg kändes äkta och på något sätt hjälpte det mig över den första tiden.

Nilsson verkar ändå uppskatta att jag slagit mig ner och jag anar att han inte talat med någon på ett tag.

"Jag och Greta har egentligen inte haft någon större bekantskapskrets", säger han. "Det har blivit ödsligt i huset sen hon försvann och jag går mest och småpratar med Stickan."

"Stickan?" undrar jag.

"Ja, hunden alltså. Han heter så efter höjdhopparen, Stickan Pettersson du vet. Jag hoppade själv höjd när jag var ung. Här nere på Gamla idrottsplatsen. Hoppgropen låg i hörnan mot Ingsbergssjön och där höll jag till med mitt hoppande. Vi luckrade upp sandgropen med en spade innan vi tränade. Jag har sett att nuförtiden har de en tjock madrass. Stickan Petersson fick nog gräva sin hoppgrop själv som vi, men han hoppade 2,16 trots det. Det gjorde inte jag", säger han med ett snett leende.

Nilssons röst låter betydligt gladare nu. Det verkar göra honom gott att få tala med någon annan än sig själv och Stickan.

"Ska du hemåt, Joel? I så fall gör jag dig sällskap, så jag gör", säger han och snyter sig.

Det blir inte mycket sagt på vägen hem, men det känns ändå bra att gå där med Nilsson. Jag är förvånad att han kan klara av att vara tyst så länge, men omständigheterna är ju annorlunda nu.

"Ta hand om dig", säger jag när vi skils utanför mitt hus och får en blick tillbaka som jag tolkar som uppskattande.

I brevlådan hittar jag senaste numret av tidningen Tiden. Det politiska intresset har följt mig genom livet och under en period satt jag i stadsrevisionen här i Nässjö på ett socialdemokratiskt mandat och därefter i byggnadsnämnden. Sosse var jag av hela mitt hjärta, men aldrig intresserad av att synas offentligt i politiska sammanhang. Att gå med i förstamajtåget lade jag av med redan i ungdomen.

Tidigt i unga år blev jag intresserad av samhällsfrågor och politik. I partiets ungdomsförening gick det ibland hett till i diskussionerna och där fick man utlopp för sin debattlusta. Att förbättra villkoren för fabriksarbetarna var viktigt för mig, jag hade vid det laget fått en viss insikt i hur arbetarna hade det, men jag argumenterade också för att ungdomar ur arbetarklassen skulle ges chans att läsa vidare. Med mina 6 års folkskola i bagaget var emellertid utgångsläget inte det bästa, lägg därtill de ekonomiska hindren.

Folkbildningsfrågor låg mig alltså varmt om hjärtat, sannolikt beroende på att det var min högsta dröm att få studera. Därför passade extrajobbet på biblioteket mig perfekt. Här fick jag tillgång till så mycket böcker jag orkade läsa och dessutom fick jag inflytande över litteraturen som skulle köpas in. Men hindren att skaffa sig någon form av utbildning kändes oöverstigliga.

Intresset för politik väcktes alltså tidigt, men som ung SSU-are kunde jag inte drömma om att jag längre fram i 25-årsåldern skulle hamna i den politiska hetluften. Jag har nog aldrig förstått själv hur det gick till.

1930-talet

En dag då Joel höll på att ställa iordning för ett möte i arbetarkommunens lokaler kom Olofsson fram till honom.

"Du Joel, vi diskuterar i valberedningen om det inte vore bra att få in en ungdomlig kraft i kommunalfullmäktige. Hur skulle du ställa dig till att vi sätter upp dig på listan till kommunvalet?"

Joel blev alldeles stel och trodde nog att Olofsson skojade med honom. Att över huvud taget tänka tanken att kandidera för en plats i kommunalfullmäktige var honom helt främmande.

"Där sitter ju bara gamla gubbar. Direktörer och affärsmän och erfarna representanter från socialdemokraterna. Inte passar jag där."

"Så du tycket jag är en gammal gubbe", sa Olofsson med en klurig blick.

"Nej det menar jag förstås inte", stammade Joel. "Ingen i partiet har väl så lång efterenhet av politiskt arbete som du. Själv har jag aldrig varit med i sådana sammanhang och skulle nog göra bort mig redan första dan."

"Hela poängen är att blanda upp gubbarna med en och annan ungdom. Jag har lyssnat på dina kompisar i SSU och dom har bara positiva ord att säga om dig. Du är påläst och bra på att argumentera för din sak, hör jag. Och förresten, att sättas upp på listan betyder inte att man blir invald. Du vet ju hur det fungerar med en samlingslista. Alla namn sätts upp på listan oavsett parti och sedan stryker väljarna de namn de ogillar. Kanske vågar de inte satsa på dig som är så ung, men ditt namn kan nog locka en och annan jämnårig att rösta på partiet."

Självklart blev Joel smickrad över att bli tillfrågad. Och det där med strykningar tog han till sig. Hans namn på listan skulle säkert strykas först av alla, och risken var liten att han skulle väljas in. Men trodde Olofsson att han skulle kunna dra en och annan röst till partiet så kan han väl stå med.

Och nog hördes en del ögonbryn när det blev känt att sossarna satt upp en 25-åring på listan. I hela Skaraborgs län fanns ingen ledamot som var under 50 år och många tyckte att det var det dummaste man kunde göra att sätta upp en oerfaren 25-åring, en uppfattning lika vanlig bland partikamrater som bland liberaler, bondeförbundare och högerpartister.

Valdagen kom och en komplicerad och dramatisk röst-räkning med många oväntade strykningar av namn tog vid. Rösträkningen tog mer än 15 timmar innan resultatet var klart, men då kunde Joel till sin förvåning och fasa konsta-tera att han blivit invald.

Dagen efter slutade Falköpingstidningen sitt referat av valet med orden: "Huru de många strykningarna kunde på-verka framgår därav, att Herr Joel Johansson ingick på 14:e plats ehuru han var stuken på mer än hälften av sedlarna."

Efter rösträkningskaoset i Sandhem rekommenderade Länsstyrelsen i Mariestad att kommunen i fortsättningen skulle ha skilda listor för de olika partierna. Så blev det.

Nu hade Joel fullt upp med sysselsättning. Trots svåra tider lyckades han bättre än många att hitta jobb, om är kortva-riga. Kvällarna fylldes av politiken och även om det var glest mellan kommunstyrelsemötena möttes man desto oftare i partiets lokalförening. Lägg därtill alla handlingar som skulle läsas inför mötena. Hittills hade han skött biblioteket, men det fick han släppa när politiken krävde mycket tid. Men fotbollen var för viktig för att läggas åt sidan.

Fotbollsföreningen hade bildats några år tidigare av ett gäng entusiaster i samhället. Drivande i klubben var Gustav Johansson, brädgårdsförmannens grabb, som gått en utbildning i Göteborg där han också hade lärt sig att spela boll. Kring sig samlade han ett gäng grabbar, många av dem arbetslösa, och med gemensamma krafter ställde de i ordning en fotbollsplan på en av prästgårdens ängar som man fick löfte att hålla till på. Längre fram, när klubben var mer etablerad, fick man tillgång till en gräsplan på gården Grimstorps ägor, en plan som inte sluttade åt ena sidan som den tidigare. Omklädningsrum blev bodarna där kolarna höll tid under perioderna då kolningen var i full gång. Det fina var att planen låg invid sjön så man kunde hoppa i och bada efter träningarna och matcherna.

För många arbetslösa grabbar blev fotbollen räddningen. I föreningen fick alla en roll, även de som inte var aktiva på planen. Det var många som engagerades när man byggde planen och längre fram också som funktionärer vid matcherna. Man hade en trogen publik, det kunde komma 100 personer till en match, och samhällets fotbollslag var något man kunde samlas kring när tiderna var svåra och man inte hade mycket positivt att se fram emot.

Det hade gått ett par år sedan August och Hans fått sluta på fabriken. Augusts var nu drygt 60 år gammal och hade på grund av sin sviktande hälsa fått sjukpension. Trots hälsoproblemen tog han emot en del smärre beställningar på fönster och enklare möbler, vilket hjälpte upp familjens ekonomi något. Hanna stretade på vid vävstolen, men Hans lyckades inte få något betalt jobb. Mycket hängde på att Joel hade en inkomst.

Nu satt de vid matbordet i den lilla enrummaren i Ugglebo. Det hade hängt i luften ett tag, men idag låg brevet man fasat för i brevlådan ute vid vägen. Ugglebo skulle säljas och byggas om för att bli affär och samtliga hyresgäster blev uppsagda. Det var inte mycket att säga om det, fabriken hade gått i konkurs och arbetarbostäderna som fabriken ägde måste avvecklas.

"Nu har brevet kommit", suckade August. "Vi har fram till nästa vår på oss att hitta en ny bostad. Alla våra grannar sitter i samma båt, så det kan bli svårt att hitta någonstans att bo här i samhället."

"Står det inget om ersättningsboende i brevet?" undrade Hanna förhoppningsfullt.

"Nej, någon hjälp utifrån lär vi inte få", svarade August. "Är det konkurs så är det."

Joel, som under en tid hade haft planer på att söka sig bort från Sandhem och hemmet, kände tyngden öka på sina axlar. Som situationen var nu, hade han inte hjärta att svika familjen.

Kapitel 9

Juni

Samtalet med Nilsson häromdagen drabbade mig verkligen. Hans öppenhet med sin sorg och sina mycket personliga känslor berörde mig, och vårt samtal förflyttade mig tillbaka till den första tiden efter Linneas bortgång.

Att de första mornarna vakna upp och upptäcka att sängen bredvid var tom fyllde mig med en obeskrivbar sorg. Jag hade visserligen sovit ensam i dubbelsängen under alla de veckor Linnea låg på sjukhuset, men det var först morgonen efter att hon gått bort som jag på riktigt insåg att vi aldrig mer skulle vakna upp tillsammans. Jag har aldrig helt vant mig vid att vakna ensam, men det har gått bättre och bättre, månad för månad. Jag vet av egen erfarenhet vad Nilsson har framför sig.

Döden är oundviklig, den kommer när den kommer. Jag har alltid varit övertygad om att det var jag som skulle lämna först. Rent statistiskt borde det vara så, men i det enskilda fallet följer inte livet och döden statistikens lagar. Kanske trodde jag att min hjärtåkomma ställde mig först i kön, men så blev det inte. Det är svårt att säga vem som drabbas hårdast, den som går bort eller den som blir kvar. Men för den som lämnas kvar gäller det att hitta ett sätt att gå vidare. Jag tror att jag är på rätt väg.

”Nej, nu är det dags för en kopp kaffe”, säger jag rakt ut i luften.

Jag märker att jag allt oftare har börjat prata med mig själv. Och stånka ljudligt när jag reser mig ur fåtöljen. Det går bra så länge inte någon annan hör mig, men man vill ju hålla stilen så gott det går och helst inte bli tagen för den gamle gubbe man är.

Förr var det kokkaffe som gällde, men Linnea drev igenom att vi skulle skaffa en kaffebryggare. Det tyckte jag först var onödigt, men efter en inkörningsperiod var det bara bryggkaffe som gällde. Det var Linnea som såg till att vi moderniserade oss i vardagen. Vi var nog först i bekantskapskretsen att skaffa mikrovågsugn. Jag var som vanligt tveksam om nyttan, men nu som ensam skulle jag inte klara mig utan den apparaten. Jag har till och med, på sonens inrådan, inhandlat en modernare version i Götes varubod. De flesta matrecept är gjorda för minst fyra personer, men det ser jag bara som en fördel. Precis som Linnea fryser jag in maten i portioner och sedan tar jag fram det jag behöver och lägger i mikron. Lätt som en plätt. Det går att lära en gammal hund sitta. Vilket skulle bevisas.

Jag tar fram en mandelkubb ur frysen, tinar upp den i mikron och sätter mig tillrätta i fåtöljen. Det är här jag får kontakt med gamla tider. Gör små nedslag i minnenas frysbox, om man säger så. Och det finns många minnen att tina upp.

Slumpen styr var jag hamnar i mina tankar. Det kan vara något jag läst i tidningen eller sett på TV, men oftast flyter det bara upp någonting som legat dolt i någon hjärnvindling och som vill fram. Nu är det mina hjärtproblem som poppar upp.

För ett tiotal år sedan var jag ute på en cykeltur som skulle komma att förändra mitt liv. Det var en vårdag och värmen hade kommit, solen sken och björkarna var just på väg att slå ut. Vi bodde fortfarande kvar i lägenheten på Mariagatan och jag kände att jag behövde lämna gatorna i centrum och känna på vårluften. Jag hade jobbar hårt en längre tid och det hade varit en del slitningar inom ledningen på jobbet. En av de yngre mellancheferna tyckte att jag stod i vägen för hans ambitioner att avancera, hade jag hört. Jag var ju gudbevars 60 år fyllda och han tyckte väl att det var dags för mig att dra mig tillbaka.

Det hade också varit ett fasligt resande till Stockholm och huvudkontoret, vilket säkert slet på hälsan. Klockan elva på kvällen brukade jag kliva ombord på nattåget, för att sova dåligt tills det var dags att vakna upp och vandra upp till kontoret. Och så samma väg tillbaka hem med nattåget och direkt på morgonen till jobbet.

Det var under den här tiden som planerna på att sälja Nässjöfabriken och flytta verksamheten till de andra fabrikerna i landet var på tapeten, och det stressade mig. En nedläggning skulle drabba de 200 arbetarna hårt och jag argumenterade så gott jag kunde för att planerna skulle ändras. Jag minns hur djäkligt det hade varit under 30-talet då de flesta jag kände gick arbetslösa. Många av gubbarna klarade inte att gå sysslolösa hemma utan tog till spriten, och jag visste att i ett par fall ledde det till och med till självmord. Vi var flera som slogs för Nässjöfabrikens överlevnad, men förgäves, det dröjde bara ett par år innan jobbarna stod där utan försörjning.

Så min form var nog inte på topp den där dan då jag tog Sörängsvägen mot Eksjöhållet och när jag just passerat avtagsvägen till Lövhult kände jag att orken tog helt slut. Jag fick svårt för att andas och hjärtat dunkade som en gammal ångmaskin.

Jag satte mig på en sten i Brånabacken och försökte återfå orken, men kände mig bara sämre och sämre. Jag såg nog eländig ut där jag satt, och det var säkert det som mannen i bilen som körde förbi uppmärksammade, eftersom han stannade och frågade hur det var fatt.

Jag sa som det var och han var vänlig nog att stoppa in cykeln i bagageutrymmet och mig i framsätet och köra mig hem. Men väl hemma ringde Linnea direkt efter en taxi och vi for upp till lasarettet. Där konstaterade doktor Andrén att min puls var skyhög och ojämn. Samma symptom som tvingade farsan att sluta jobba. Jag hade ärvt hans förmaksflimmer. Mycket mer än det lämnade han inte efter sig. Ja, det skulle vara skelögdheten då.

Med rätt behandling har jag mått bra, trots mitt hjärtfel. Jag gick ner till halvtid och fick andra arbetsuppgifter på fabriken, vilket gjorde uppkomlingen belåten. Sedan anställde jag en kontorist på bostadsföretaget och fick på så sätt avlastning även från ombudsmannaskapet. Både den fysiska och den psykiska stressen lättade och Linnea sa att hon fått tillbaka en ny gubbe.

Som sagt, jag mår hyfsat bra för min ålder. Men jag har noterat en diskrepans mellan kroppen och knoppen. Även om kroppen är en 80-årings verkar det som att hjärnan tror sig vara yngre. Detta kan bero på dåligt omdöme, och man får vara försiktig med att visa utåt att man tror att man är yngre än vad man är. Jag skrattar fortfarande åt barnsliga skämt och jag lyssnar gärna på musik som mina jämnåriga tycker är skränig. Kvinnor i baddräkt på en badstrand betraktar jag med samma intresse som för sextio år sedan. Någon liten gnista finns trots allt kvar.

Efter en meningslös rekapitulation av mina hälsoproblem hamnar jag som så ofta i händelser från förr. Där känner jag mig hemma.

Fast jag tycker jag är bra på att vara i nuet, som det heter, och jag försöker följa med vad som sker i min omvärld. Och jag bekymras som de flesta andra i min ålder över hur det ska gå med välden och vad vi lämnar efter oss till våra barnbarn. *Men man hoppas att barna ändå får ett glas öl,* som Hasse Alfredsson sjunger. Men ska jag vara ärlig, så förlorar jag mig minst lika ofta i gamla tider som att jag tänker på hur framtiden kommer att te sig.

Idag söker sig tankarna till den svåra tiden då fabriken därhemma i Sandhem gick i konkurs och alla arbetarna fick lämna. Far, Hans och jag blev avskedade på ett bräde och det var bara jag som kunde få ströjobb här och där, ofta på olika beredskapsarbeten runt om i trakten.

När fabriken avvecklades sålde man sina arbetarbostäder och vi skulle tvingas lämna hemmet i Ugglebo. Jag minns hur orolig mor var. Hon hade varit den som hittills stått för idéerna och initiativen i familjen, men nu verkade till och med hon uppgiven.

Det var då som jag insåg att ansvaret för familjen nu vilade på mig. När vi satt där vid köksbordet och pratade om vad som skulle hända framöver gick jag ifrån att vara en tämligen obekymrad ung man till att bli en ansvarstagande vuxen.

"Om vi trots allt skulle hitta någonstans att hyra skulle vi aldrig bo lika billigt som här", suckade Hanna.

"Kanske Hans skulle kunna få sjukpension? Det skulle hjälpa en hel del", sa August. "Och när du Hanna fyller 67, får också du pension och då ska vi nog kunna klara oss. Vi har ju lite besparingar på banken också."

Hanna, som var den som skötte familjens ekonomi, hade varje halvår tagit tåget till banken i Jönköping och satt in de små summor man kunnat avvara. Mycket tack vare hennes idoga slit vid vävstolen hade de, till skillnad från många, en liten besparing att falla tillbaka på.

Joel hade suttit tyst och funderat under hela samtalet, men nu upphävde han sin stämma.

"Vi får väl bygga ett eget hus", sa han.

"Nu far du allt iväg med dina idéer", sa Hanna. "Hur i hela friden skulle vi ha råd med det?"

"Om vi kunde få ihop tillräckligt med pengar för att skaffa material skulle det nog kunna lösa sig", fortsatte han.

"Jag har jobbat med det mesta när det gäller husbygge och jag skulle kunna ta hjälp av Einar. Och du far, gör all inredning. Om vi kan skrapa ihop pengar till byggnadsmaterial och timlön till Einar skulle vi nog kunna ro det hela iland."

Einar Carlsson hade varit med i den grupp arbetslösa grabbar som Joel hade dragit ihop och som lyckats få bygga några mindre hus inne i samhället. Förutom Kommunhuset, som gick med förlust, hade de byggt en sockenstuga vid kyrkan och ett par boningshus, och totalt hade de tjänat så bra att även Joel hade kunnat sätta undan en del på banken.

Joels optimism smittade av sig och den kvällen gick de alla och lade sig med huvudena fulla av tankar. Hanna var den som i yngre dagar ingöt mod i familjen när problemen hopade sig, men den rollen hade nu Joel övertagit utan att han själv förstod hur det hade blivit så.

Efter frukost dagen efter satte de sig på nytt vid köksbordet för rådslag.

"Jag har 1 250 kr i besparingar som jag kan skjuta till", började Joel. Det var pengar som han, utan att berätta för någon, lagt undan för att längre fram använda till studier. Han hade hållit tyst om sina studietankar, så att inte familjen och vännerna skulle tycka han var högfärdig som inte nöjde sig med att gå som en vanlig arbetare. Det här med studier får lösa sig längre fram, tänkte han tyst för sig själv. Nu gällde det att klara familjens kinkiga situation.

Hans hade sparat 800 kr under tiden han var anställd på fabriken och August och Hanna hade 2 160 kr i besparing. Det räckte för att kunna starta byggandet.

Joel cyklade bort till kyrkoherde Carlsson som han lärt känna då han byggde sockenstugan, och fick löfte om att arrendera ett stycke mark på prästgårdens ägor i utkanten av samhället. Tomten som styckades av låg strax intill järnvägen, ett stenkast från Sandhemssjön. Årsarrendet var 22 kronor och 50 öre.

Efter samtalet med prästen cyklade han visslande hem till Ugglebo för att berätta de goda nyheterna. Hanna och August bävade vid tanken på vad de gett sig in på, men deras negativa syn på kyrkan och prästerskapet mildrades en aning. Själva hade de inte vågat tänka tanken på ett eget

108

hus, än mindre kontakta prästen, men de rycktes med i Joels entusiasm. August, som under senare år gått omkring och varit nedstämd, dels på grund av oron över hur Hans skulle klara sig när han och Hanna en gång skulle försvinna och dels på grund av oron för sina egna hjärtproblem, piggnade till och satte sig med de andra för att planera.

Hur huset skulle utformas lämnade August och Hanna till Joel att bestämma, men uthuset, med hemlighus, vedbod, brygghus och snickarverkstad planerade föräldrarna. Det enda Hanna lade sig i när det gällde själva huset var att köket skulle vara stort nog att rymma vävstolen. August i sin tur var nöjd med att få en snickarverkstad att hålla till i. Han skulle själv kunna göra det mesta av dörrar och inredning till det nya huset och på så sätt hålla kostnaderna nere. Och hans goda rykte som snickare skulle säkert också fortsättningsvis kunna ge honom ett och annat uppdrag som skulle inbringa lite pengar.

Bara ett par dagar efter att de suttit vid köksbordet och drömt om ett eget hus satte sig Joel på cykeln och for de dryga två milen till Nåtared, halvvägs till Ulricehamn, där Joels morbror Johan bodde. Johan hade före kriget haft en byggfirma i Falköping, men då ekonomin helt avstannat under krigsåren köpte han och hans fru en liten gård på landet. Men bygga hus kunde han fortfarande och det var självklart för Joel att det var Johan han skulle vända sig till med att få hjälp att rita huset.

Lite orolig var allt Joel när han några timmar senare, genomsvettig efter cykelturen, ställde ifrån sig cykeln på gårdsplanen och knackade på. Hur skulle morbror Johan ställa sig till uppgiften? Var det kanske för mycket begärt att han skulle lägga sin tid på detta?

Han hade inte behövt vara orolig. Joel hade bara hunnit innanför dörren och förklarat sitt ärende innan reaktionen kom.

"Det var banne mig en lysande idé", utbrast Johan, och gav Joel en björnkram. "Kom in, kom in, för all del."

"Ida, kom hit", ropade han. "Kom och se vem som hälsar på."

Moster Ida kom ut och slog armarna om Joel och tvingade ner honom vid köksbordet.

"Du måste ju vara utsvulten, du som cyklat hela långa vägen hit", sa hon. Och så satte hon fram smörgåsar med ostpålägg och bjöd på kaffet som redan stod på spisen.

Johan satte sig omgående och började rita. Joel hade gjort en grov skiss hur han ville ha det, två rum och kök på bottenvåningen och en liten enrumslägenhet på andra våningen. De satt hela kvällen och långt in på natten och ritade och efter några timmars sömn cyklade Joel hem med en ritning i skala 1/100.

Tre dagar efter att idén fötts kunde Joel börja beställa byggmaterial och två vedspisar, en för varje våning. Snart kunde han och Einar, med brodern Hans som hantlangare, börja bygga. Det hade hunnit bli höst innan grävningen var klar och det var dags att gjuta grunden.

"Klarar vi det innan frosten kommer"? undrade Einar.

"Vi måste chansa", svarade Joel. "Annars går hela vintern innan vi kan börja resa väggarna. Det gäller att passa på, för det är nu på vintern som du och jag har som svårast att hitta annat jobb."

I en hast hade de lagt makadam i botten, byggt gjutformar och stärkt upp konstruktionen med armeringsjärn. Nu var det dags för själva gjutarbetet.

August och flera av grannarna ruskade på huvudet över det dåraktiga att gjuta en grund när vädret var så osäkert. Men grabbarna var optimistiska. Det var plusgrader på morgonen när de startade, men framåt kvällen då man var klar och betongen skulle härda sjönk temperaturen orovväckande. Nu var goda råd dyra.

August och Hans sprang runt till grannarna och lånade så många avlagda filtar och täcken de kunde få tag på och när det mörknade stod ett tiotal grannar och såg på hur Joel och Einar försökte täcka gjutningen så gott det gick. De tände också några brasor runt husgrunden och hoppas att även detta skulle förhindra att betongen frös och blev oanvändbar.

Oron steg när de märkte att temperaturen sjönk till en bra bit under noll, men med morgonen kom solen och värmen och på kvällen kunde de andas ut och konstatera att betongen hade brunnit som den skulle. Sedan skulle det förstås ta ett par veckor innan den brunnit helt klar, med den hade, tack vare tur och snälla grannar, klarat det mest kritiska dygnet.

När våren kom stod huset färdigt och man kunde flytta in. Joel var stolt över sitt bygge. Särskilt belåten var han med värmesystemet med element i de två rummen och i övervåningen. Det var bara två hus i samhället som hade utrustats med nymodigheten med centralvärme, i övriga hus var det kakelugnar som gällde.

Huset låg i södra delen av samhället och kom man gående eller hade cykel tog man Stråkenvägen till Lyckåsvägen och korsade järnvägen genom det roterande vändkorset. Kom man med häst eller bil fick man passera bron över järnvägen och ta vänster vid Kaspers hus. Kasper

Johansson var Sandhems lokala träsnidare och många i samhället ägde en träskulptur av honom, även Joel, som själv köpt en skulptur av Hjalmar Branting i form av en nötknäppare.

En nackdel med placeringen var att huset låg bara 20 meter från järnvägsspåret, vilket innebar att huset vibrerade varje gång ett tåg for förbi. Men det dröjde bara några veckor så hade de vant sig vid slamrandet från tågen. Och det var lagom att stiga upp när 6-tåget från Jönköping for förbi.

Det återstod en hel del arbete i trädgården runt huset. Brunn hade man borrat tidigare på våren och nu fanns en pump framför köksingången där man hämtade vatten. Och i förrådet låg utedasset, som man nu slapp dela med grannarna som i Ugglebo. Men Hanna ville plantera ett par äppelträd och så ville de sätta upp ett staket runt tomten. Detta fick anstå till hösten.

Nu satt man på utemöblerna som August hade snickrat ihop och njöt av att äntligen få rå sig själva. Utöver familjen var Einar närvarande för nu skulle man göra en slutsummering av arbetet. Joels noggranna anteckningar visade att huset hade kostat 5 477 kr och 59 öre. Med lön till Einar och Joel uppgick kostnaden till knappt 7 000 kronor.

De hade fått låna 800 kr av konsumföreståndare Lundkvist och 400 kr av skomakare Hultstrand och under hand hade de skrapat ihop resten.

Kapitel 10

Juni

Det har inte regnat på några dar och jag går ett varv i trädgården och vattnar lite där det behövs. Gräsmattan bryr jag mig inte om. Om den blir lite gul så må det vara hänt och fördelen med det är ju att jag inte behöver klippa den så ofta. Jag är emellertid noga med att vattna blommorna i vildträdgården som Linnea planterat. Det skulle gräma mig mycket om jag lät dem torka ut och dö, det är ju Linneas favoritblommor.

Som jag går där, tänker jag på hur mycket Linnea uppskattade trädgården. Från sin uppväxt på en bondgård hade hon med sig nyttan med att odla och glädjen att se allt växa. När jag ser ut över blomprakten tänker jag på hur mycket finare det hade varit om jag fått dela synen med henne. Det är inte alls samma sak när man är själv. Det är som med en rolig historia man läser. Hur bra den än är skrattar man inte lika hjärtligt när man är ensam.

Visst är det Nilsson som kommer där borta? Jo minsann. Han och hunden Stickan. Jag har tänkt att nästa gång han kommer förbi ska jag bjuda in honom på kaffe. Han verkade så vilsen och ensam sist vi träffades på kyrkogården. Och faktiskt lite kontaktsökande, fast inte på sitt vanliga, påträngande sätt.

"Hej Nilsson", ropar jag när han är mitt för huset. "Hur har du det idag?"

Han stannar upp och kommer över på min sida. Samma sorgsna ansiktsuttryck som sist, men han ler i mungipan och kommer in på gräsmattan där jag står med vattenkannan. Det är nog första gången som han kommer innanför häcken. Han brukar stanna på trottoaren och föra sina monologer.

"Det är väl som det är, så det är", svarar han mekaniskt. Jag går här med Stickan som vanligt. Han måste ju rastas och det är nog bra för mig att han propsar på sina promenader."

"Du sköter din trädgård fint", fyller han i och ser sig omkring.

Hoppsan, tänker jag. Det var det första berömmet jag hört från det hållet.

"Jag försöker ta hand om den så gott jag kan. Det var Linnea som var experten, men man lär sig när man måste."

"Vad säger du om en kopp kaffe", drar jag till med.

Svaret dröjer lite.

"Jo tack, det skulle smaka gott."

Jag visar honom runt till andra sidan där vi kan sitta i skuggan. När vi passerar förbi mitt uterum med de stora perspektivfönstren stannar han till.

"Detta var ju fint. Västerläge och allt. Det går ju inte att se från gatan så det har jag missat. Och visst ser man ett blänk av Handskerydssjön där mellan träden?"

Missar du verkligen någonting när du går förbi och spanar, tänker jag, men en aning smickrad kan jag inte låta bli att följa upp hans kommentar.

"Här har vi tillbringat många eftermiddagar och kvällar. Förlänger faktiskt sommaren med ett par månader. Jag har inte så mycket växter här nu, men på Linneas tid prunkade det av blomprakt härute. Fungerar ju som ett växthus."

"Jag har byggt det själv", kan jag inte avhålla mig från att lägga till.

Vi går runt och sätter oss på terrassen runt hörnet.

"Jag tar och går in och sätter på kaffet", säger jag och går in i köket, tinar upp ett par hembakta mandelkubbar och tar fram kakburken med pepparkakorna som blev över i julas.

När jag kommer ut till Nilsson ligger hunden och tittar på mig med sina stora ögon.

"Kan Stickan få lite vatten?" frågar Nilsson.

Stickan tömmer snabbt vattenskålen. Han verkar trots allt ganska trevlig den där hunden, tänker jag. Något övergödd och kobent. Knappast något utställningsexemplar på kennelklubben, men han saknar inte charm.

Det var länge sedan vi fick avliva vår lilla hund. Han var lika fet som Nilssons och inte så vacker i övrigt heller, men ett trevligt sällskap. Inte för att jag kommer att skaffa hund igen, men för Nilsson är nog Stickan ett gott sällskap.

När jag hämtat kaffet sitter vi och språkar om vädret och klagar på vägarbeten och indragna busslinjer och annat oväsentligt på gubbars vis. Men jag försöker begränsa klagandet så gott det går och undviker att verka förgrämd. Det finns nog med bittra gubbar här i välden.

"Fina kaffekoppar du har", säger han.

"Linnea älskade att måla och på slutet gick hon en kurs i porslinsmålning. Kopparna var det sista hon målade innan hon blev sjuk. Blomman linnea, som du ser på koppen, blev hennes signatur."

"Vilket vackert minne. Och så goda kubbar", fortsätter han. "Har du verkligen bakat dom själv? Allt sånt skötte Greta hos oss."

"Samma här", svarar jag. "Det var nästan så att jag inte visste hur bullar och kakor kom till. Jag skäms när jag tänker på hur mycket jag tog för givet under Linneas tid."

"Jag borde gå kurs hos dig", säger han. "I att vara änkeman."

"Det är första gången jag tar det ordet i min mun", fortsätter han med ett förvånat uttryck.

På vägen ut stannar vi vid garageuppfarten och tittar ut över häcken mot norra grannen.

"Det är dags att klippa häcken nu innan den växer sig alltför hög", säger jag för att förekomma Nilsson.

"Jag har skaffat en elektrisk häcksax. En sån borde du också ha, Joel."

"Jag är inte så bra på mekaniska saker", svarar jag sanningsenligt.

"Jag kommer över i morgon och visar dig", rundar han av och vandrar iväg innan jag hinner svara att jag klarar mig bra med min gamla sax. Nåja, tänker jag, om han så gärna vill så.

Så går jag ett andra varv i trädgården. Nästa vecka firas midsommar, tänker jag. Midsommarafton innebär inga utsvävningar för min del. Efter att barnen flyttade hemifrån tillbringade Linnea och jag nästan alltid midsommarafton här hemma, även om det hände att vi tog oss upp till Hembygdsparken för att titta på folkdansarna och dricka en kopp kaffe. I år är det visst Missionskyrkan som står för programmet, får se om jag kör dit. Det är lite långt, så i så fall tar jag bilen. Det går förstås buss till centrum, men jag är ingen bussmänniska. Och cykla vågar jag inte. Det är inte så bra med balansen längre.

Förresten var jag i Hembygdsparken på valborg och lyssnade på vårtalet och manskören. De gulnande sångarmössorna vittnade om körmedlemmarnas höga ålder, de flesta gubbarna kände jag igen från tidigare år. Nytillskottet av sångare verkar inte vara så stort.

På tal om att cykla så ringde jag Olof, min gamla kompis på Åkersborg, igår. Det är inte så mycket bevänt med honom. Såvitt jag förstår kommer han ihåg mig fortfarande, men som vanligt hamnade samtalet ganska snart på avvägar. I sin förvirring förslog han även denna gång att vi borde ta en cykeltur tillsammans. Uppenbarligen har minnet av våra cykelturer som unga satt djupa spår i skallen på honom. Jag minns också våra cykelutflykter med glädje, men cykelturer hör till det förgångna för oss båda.

Jag har knappt hunnit bläddra i tidningen idag. Matpriser, krig och TV-såpor intresserar mig inte. Och sportsidorna bläddrar jag också snabbt förbi – inget av intresse idag. Dödsannonserna kommer först framåt helgen med sin påminnelse om att det finns ett slut på allt.

Så jag återvänder till sidan med rubriken *Världen* i högra hörnet. Den där Gorbatjov verkar vara en hygglig karl. I höstas var han i Washington och skakade hand med Regan. Och nu har de mötts igen på Röda torget i Moskva. Sovjetunionen har klokt nog dragit sig ur kriget i Afghanistan läser jag, och nu får man hoppas att de också släpper sitt grepp om Östeuropa och Östtyskland.

Men bara det att toppgubbarna träffas och pratar med varandra inger hopp. Kanske minskar det risken för ett tredje världskrig? Jag har upplevt två världskrig, om än på distans, och vet hur hemskt det är. Den erfarenheten vill man att ens efterlevande ska besparas. Kanske Sovjetunionen är på väg åt rätt håll?

När jag tittar ut genom fönstret ser jag Inga gå omkring och vattna sina blomkrukor. Jag öppnar terrassdörren och vinkar till henne när hon tittar upp. Och så möts vi på det vanliga stället vid häcken.

”Jag hade Nilsson på kaffe i förmiddags”, börjar jag. ”Han är fortfarande tyngd av sin sorg, förstås, men jag ser tecken på att han försöker hitta en väg tillbaka. Han är mer öppen med sina bekymmer nu.”

”Bra”, säger Inga. ”Du är nog den av oss som bäst kan hjälpa honom vidare. Han behöver all stöttning han kan få. Och att distraheras med lite trevligt sällskap.”

”Det jäkligaste är att jag nästan börjar gilla honom”, säger jag. ”Han har definitivt sina goda sidor. Berömde mina mandelkubbar, så där fick han ett plus. Och så satt han vid trädgårdsbordet i en dryg halvtimma utan att hacka ner på något i trädgården. Dessutom inhöstade jag en annan komplimang när han såg mitt uterum. Det länder honom till heders att han verkar förstå sig på ett gott hantverk.”

”Du är allt lättsmickrad du, Joel. Som de flesta karlar. Men man måste säga att det var skickligt av honom att hitta nyckeln till hur man får över dig på sin sida.”

”Nåja, han har en bra bit kvar tills han blir samma kompis som du”, svarar jag leende.

När jag kommit in dröjer det inte länge innan Inga är på tråden. Hon har uppenbarligen fått en av sina idéer.

”Har du tid att komma över på en kopp kaffe i morgon eftermiddag frågar hon. Olivia tittar också in.”

118

Olivia och jag är flitiga gäster hos Inga. Olivia är minst lika handlingskraftig som Inga och äger en fastighet med tre lägenheter på Granviksgatan. Hur jag passar in i vår lilla grupp med damerna kan man undra över, men jag trivs i deras sällskap och ser mig som en balanserande motkraft till de energiska madammerna. Handskeryds grå pantrar, som Inga kallar oss.

Olivia är en självständig och intressant kvinna. Hon har med bravur på egen hand skött sin fastighet med den stora trädgården sedan hon sparkade ut gubben för ett tjugotal år sedan. Hon lejer förstås hjälp för de tyngsta jobben, men det mesta klarar hon själv. Alltså lite av samma virke som Inga, självständig och resultatinriktad. Lång och ståtlig är hon också, och vältränad för sin ålder. Som ung var hon Smålandsmästare i spjutkastning. Hon och Inga har hållit ihop sedan skoltiden.

"Hur orkar du med att sköta allt?" frågade jag vid något tillfälle.

"Sen jag gjorde mig av med karlslusken min går allt lättare", svarade hon. "Det tog på krafterna att gå omkring och reta sig på den latmasken. Allt går smidigare när jag bara har mig själv att tänka på. Och du har väl hört ordspråket: *En kvinna klarar sig lika bra utan en man som en fisk utan cykel.*"

Olivia har ofta en aforism att ta till för att förstärka sin åsikt och hennes kommentar satte punkt för frågorna den gången om hur hon klarade av att sköta sin fastighet.

"Visst kan jag komma över", svarar jag på Ingas fråga i andra ändan av tråden. "Jag har all tid i världen."

Idag har Inga kopplat på den organisatoriska rösten från tiden som fackföreningsordförande. Den tar hon fram när hon har något i kikaren, men det är inte lönt att fråga vad som står på agendan. Hon brukar spara överraskningarna tills vi har satt oss vid kaffebordet.

Det händer med jämna mellanrum att vi i möts på det här sättet. Handskeryds grå pantrar. Alla bor i Handskeryd och samtliga är gråhåriga, så namnet är ju passande. Men lite löjligt. Inte så lite förresten. Som någon hemlig klubb man hade som barn. Men Ingas kakfat är mer exklusivt än mitt och sällskapet trivsamt, så jag tackar aldrig nej till Ingas invitationer. Och denna gång är det inte bara kakfatet som lockar. Inga har med sin energiska röst i telefonen kittlat min nyfikenhet.

"Du förresten, vad säger du om att adjungera Rolf Hermansson till gruppen?"

"Det vore väl trevligt", säger jag och betraktar förvånad mina höjda ögonbryn i spegeln ovanför telefonen. Tydligen gjorde Rolf ett gott intryck på Inga i pauserna på pensionärsdansen. Att han är bra på att charma kvinnor det visste jag sedan tidigare, men jag trodde faktiskt att Inga var mer svårflörtad än så. Jag försöker hålla rösten så neutral som möjligt när jag svarar.

"Ringer du själv eller vill du att jag ska ringa honom?"

"Det vore bra om du ringer", säger Inga. "Jag har lite att bestyra."

"Visst kan jag göra det", svarar jag och ser med visst intresse fram emot att höra Rolfs reaktion.

Jag ringer gärna till Rolf. Dels tycker jag att Rolf är en trevlig prick, dels vore det bra att balansera upp gruppen könsmässigt. Han bor ju i Handskeryd, i Höghuset bredvid Stjärnhallen, och är lika gråhårig som vi andra, så visst passar han in i gänget.

Samtalet till Rolf var snabbt avklarat. Han lät nästan lite upprymd över inbjudan och sa att han tittar förbi hos mig på vägen till Inga.

Det har hänt så mycket idag att jag trött sjunker ner i fåtöljen. Först kaffe med Nilsson, sedan möte med Inga vid häcken, och så hennes förslag att dra ihop Pantrarna. Och så det här med Rolf. Intressant, tänker jag, och ler för mig själv. Mycket intressant.

Jag rycker till och förstår att jag slumrat till där jag sitter. Under tiden jag försöker vakna till inser jag att jag som så många gånger förr hamnat i Sandhem och ungdomstiden. Jag hade drömt om Linnea och hur det gick till när jag återfann flickan jag träffat vid vattenpumpen på ladugårdsbacken på bondgården.

1930-talet

En solig eftermiddagskväll cyklade Joel och några fotbolls-
kompisar grusvägen förbi kyrkan, bort mot festplatsen i
Slättäng. Med fest och dans i tankarna gick det undan och
de kom fram i god tid innan orkestern skulle börja spela.
Dragspel, fiol, basfiol och trummor bars upp på scenen vid
dansbanan, som var smyckad med ungbjörkar. Fler och
fler människor samlades kring kaffeserveringen och tom-
bolastånden. De flesta kom cyklande från byarna runt om-
kring, men det fanns de som hade tagit sig hit från sam-
hällen betydligt längre bortifrån än Sandhem. Festplatsen
var välkänd och populär i trakten.

Snart drog orkestern igång och alla sökte sig till dans-
banan. Joel köpte på sig några danspoletter och sneglade
som alla andra grabbar mot flickorna. Efter ett tag, när or-
kestern spelade en vals, vågade han bjuda upp en av dem.
Han kände sig säkrast på vals, även om han hjälpligt kla-
rade både hambo och schottis. Den moderna foxtrotdan-
sen var han sämre på, men hade övat med ett par vänner
på Logen, två långsamma steg följt av två snabba. Eller hur
var det nu? Det kändes ibland som att han hade två väns-
terfötter.

Efter att ha dansat de två valserna gick han runt för att
se om han kände igen någon av de andra flickorna.

Var det inte flickan han mött på gårdsplanen då han
cyklade hem från brobygget norröver som stod därborta?
Hon som gav honom vatten? Jo minsann, där stod hon
med ett par pojkar i hennes egen ålder och pratade och

skrattade, lika solig och glad som när de sågs vid brunnen. Han hade tyckt hon var söt även när hon bar arbetskläder och hade en sjalett på huvudet, men ikväll var hon extra vacker. Hon hade blommig klänning och det mörka håret lockade sig ner över axlarna.

Han kom på sig själv med att stå och stirra på henne och vände snabbt tillbaka och gick ett varv för att samla mod. Skulle hon känna igen honom? Och skulle han våga bjuda upp henne? Det gällde att vänta in att orkestern spelade en vals, det kändes säkrast. Men de där grabbarna som hon stod och skrattade med gjorde honom osäker. Hon kanske gick med någon av dem?

Nu hörde han att orkestern tog upp Kostervalsen. Det må bära eller brista tänkte han, rättade till slipsen och gick fram mot gruppen där hon stod. Men just när han bockade för att bjuda upp försvann hon med en annan grabb upp på dansbanan. Han drog sig åt sidan, visslade nonchalant och låtsades att han hade spanat in en flicka längre bort. Pinsamt!

Men ett tag senare kom hon fram till honom.

"Var det inte du som stannade och drack vatten den där varma dagen i somras?"

"Jo visst var det jag", svarade Joel. "Jag var på väg hem från jobbet."

"Och du kom hem som du skulle? Hittade vägskälet jag visade?"

"Nog kom jag hem", svarade Joel. "Jag har passerat ett par gånger till utan att ha sett dig."

"Inte har jag tid och stå vid brunnen och vänta på att karlar ska cykla förbi", skrattade hon.

Samtalet löpte lite trevande, båda lite blyga.

"Sällskapar du med killen som står där borta och tittar på oss", vågade han fråga.

"Nej, det är min storebror som har fått för sig att han måste hålla ett öga på mig. Far han har sagt att jag inte får gå på dans utan att mina bröder är med. Som om inte jag skulle klara mig själv."

"Jag förstår din far. En så vacker dam måste man vara rädd om", hörde han sig själv säga. Som en annan charmör.

Hon skrattade åt hans svar och själv rodnade han över sitt styltiga sätt att uttrycka sig.

"Jag tror inte du sa vad du hette när vi sågs senast", fortsatte han.

Just då kom den ene brodern fram. Han var inte längre än Joel, men bred över axlarna.

"Anton var namnet", sa han. "Jag kan se att ni känner varandra sedan tidigare."

"Joel", svarade Joel och sträckte ut handen. "Känner och känner, vi har träffats en gång på ladugårdsbacken hemma hos er när jag cyklade förbi."

"Jag heter Linnea", svarade hon på Joels tidigare fråga och såg honom i ögonen. "Vi känner inte varandra mer än att han bälgade i sig minst ett par liter vatten från vår brunn häromsistens."

Sedan tog hon tag i Joels arm och drog iväg honom upp på dansbanan.

Jäklar, foxtrot, tänkte Joel och tvekade.

"Jag är nog inte så bra på den dansen", sa han.

"Vi går upp och provar, så får vi se hur det går", sa hon och tog hans hand och drog honom mot banan.

Till en början gick det sådär, men ju längre de höll på desto bättre gick det. Linnea var en bra lärare och i slutet

124

av andra melodin vågade han sig till och med på att snurra ett varv.

Hela tiden stod Anton och den andre brodern och tittade på dem medan Linnea skrattade och vinkade retfullt åt deras håll.

När dansen var slut gick de tillbaka till bröderna och Joel drog sig bort till sina kamrater. Kommentarerna var många om vilken pigtjusare han var. Men han blev inte arg, utan snarare stolt över att han vågat dansa foxtrot med Linnea.

Han såg på håll hur Linnea blev uppbjuden av flera andra grabbar, men fick för sig att hon inte skrattade och svängde runt lika lustigt som med honom.

"Får jag lov att denna gång vara den som bjuder upp", sa han och bugade artigt.

Han hade väntat in att orkestern på nytt skulle spela en sjömansvals och nu passade han på att visa upp sig i sin paradgren. Då gick det inte lika bra som vanligt, men det gjorde inget för båda tog det med jämnmod och hade hjärtans roligt på dansbanan. Och när kvällens sista dans spelades, bjöd han upp Linnea på nytt.

När de tillsammans gick bort till cyklarna, väntade de två bröderna som ett par vakthundar. De verkade ta faderns uppdrag allvar, men var artiga mot Joel och tog i hand och sa att det var trevligt att träffa honom.

Visst var det där ett godkännande, tänkte Joel. Jag har nog inte förlorat första ronden.

Så tog Linnea farväl genom att ta hans båda händer i sina och avslutade med att höra om han kanske kunde komma till bygdegården på dans om ett par veckor. Det ville han förstås gärna, även om det skulle bli första gången han besökte en SLU-klubb. Han kände sig mer hemmastadd på SSU-fester.

Färden hem gick som en dans den också, och småvisslande följde han efter sina kompisar på vägen mot samhället.

"Jag tror att det är en förälskelse på gång", retades Einar.

Joel svarade inte emot. Han log bara tillbaka.

Kapitel 11

Juni

Redan strax efter frukost ringer det energiskt på dörren. Där står Nilsson utan hunden Stickan men med sin elektriska häcksax i högsta hugg.

Jag sätter på mig skorna och visar honom var närmsta elkontakt finns bakom garaget. I ett nafs har han kapat den korta biten av häcken ut mot gatan och rätar på ryggen för att invänta mitt beröm.

"Det där gick ju geschwint, och snyggt blev det också", säger jag med viss återhållsam beundran. Av gammal vana är jag lite kort i tonen för att inte uppmuntra honom alltför mycket. Det är ju ändå Nilsson, om än i något modifierad version. Till det bättre.

"Själv har jag aldrig varit vän med maskiner", fortsätter jag.

"Finns att köpa på Sundbergs. Men du får låna min när du vill."

"Finns det tillbehör till den?" frågar jag.

"Jag menar, kan man få den med operatör", fyller jag på som den novis jag är på mekaniska hjälpmedel av det här slaget.

Nilsson fattar vinken och vi kommer överens om att han ska hjälpa mig att komma igång när jag köpt en likadan. Man vill ju ha sin egen.

”Häng med in och sitt ner en stund”, föreslår jag och denna gång är han inte nödbedd.

”Men jag åt just frukost, så du behöver inte bjuda på något”, säger han och följer efter mig in i köket.

”Jag blev glad när du kom fram och hälsade den där sorgliga dagen på kyrkogården”, fortsätter han direkt. ”Det var första gången jag pratade en längre stund med någon sedan samtalet med prästen efter begravningen. Jag undrar om jag någonsin kan komma över förlusten av Greta. Men du Joel verkar ju ha kommit på banan igen, om jag förstår saken rätt?”

”Man kommer aldrig tillbaka på samma bana igen”, svarar jag. ”Man måste hitta en ny. Det har jag försökt i ett och ett halvt år och först nu känner jag att jag hittat ett sätt att traska vidare. Varje dag konstruerar jag små projekt som jag försöker slutföra. Det kan vara något så banalt som att lära sig baka mandelkubbar. Jag blir belåten varje gång jag klarat av något som jag aldrig har behövt befatta mig med tidigare, ibland så barnsligt nöjd med mig själv att jag inte kan låta bli att ringa dottern eller grabben min och skryta. Och varje kväll går jag igenom vad jag gjort under dan som varit bra. Lite självberöm måste man kosta på sig, och det är lättare att somna med positiva tankar än med negativa.”

”Man får ta en dag i sänder – ibland kan man ta två, som farsgubben brukade säga.”

”Du låter ju precis som en sån där självhjälpsguru”, säger Nilsson. ”Jag önskar att jag själv hade din positiva syn på tillvaron.”

"Den har jag måst kämpa mig till. Särskilt i början do-
minerade de negativa tankarna."

Tyst tänker jag att han skulle bara veta hur jäkligt jag
mådde de första månaderna. Men det hjälper ju inte ho-
nom att höra det just nu.

Nu har samtalet styrt över mot väsentligheter. Inte det
vanliga, gnälliga gubbsnacket.

"Jag befinner mig nog i botten just nu", säger Nilsson.
"När jag tänker på Greta gör det rent ont i bröstet. Det var
så mycket hon ville göra nu på gamla dar. Ta igen det vi
missat tidigare i livet då jobben sög kraften ur oss, Greta
på kommunen och jag, som du vet, på möbelfabriken."

"Vi ville så gärna ut och resa och se oss omkring", fort-
sätter han. "Vi unnade oss inte mycket när vi jobbade och
hade lagt undan en del på banken för att kunna spendera
när vi gått i pension, och eftersom vi var ensamma var vi
överens om att göra av med det lilla vi hade medan vi or-
kade. Men så kom Gretas sjukdom i vägen och alla respla-
ner rann ut i sanden. Nu går jag här i ensamheten och grä-
mer mig över att jag inte var mer drivande medans tid var."

"Hon var värd allt jag hade kunnat ge, men jag schabb-
lade bort det med min senfärdighet", avslutar han sin långa
monolog med en djup suck.

"Lägg inte det dig till last", gör jag ett försök att trösta.
"Hade Greta fått leva hade ni säkert gjort allvar av era pla-
ner."

Medan vi sitter där och samspråkar råkar han få syn på en
tavla som visar en gatuvy från en liten by på Sicilien. Linnea
köpte den när vi semestrade på Sicilien för många år sedan.
Ingen särskilt märkvärdig sak, men hon tyckte att den fång-
ade stämningen i byn och ville ha ett minne från resan. Den

hänger på väggen i köket och där har den hängt så länge
att jag knappast lägger märke till den längre.

"Är den från Italien?" frågar han.

"Från en bergsby som heter Taormina på Sicilien. Vi
var där ett par gånger som pensionärer, Linnea och jag."

Just när jag sagt det där sista kommer jag på att det här
med utlandsresor kanske är ett känsligt ämne. Han hade ju
precis berättat om sorgen över att han och frun inte kunnat
resa ut och se sig om som pensionärer. Jag förbannar mig
själv för att jag lade till det där sista, och försöker släta över
mitt klavertramp genom att snabbt berätta vidare.

"För många år sen läste Linnea en bok av Stig Järrel där
han berättar om sina besök i Taurmina. Han bodde tydli-
gen där mellan teaterengagemangen här hemma. Sen fick
hon aldrig Sicilien ur skallen och det slutade med att vi
reste till just Taurmina för att fira hennes 60-årsdag."

"Greta längtade också till Italien. Det var dit hon i
första hand ville resa efter pensionen och hon påminde
mig allt som oftast om drömmen att resa dit. Hon kunde
inte ens passera popplarna i skräddarmästare Bengtssons
trädgård på Granviksgatan utan att börja prata om Italien.
Popplarna ser ut precis som träden på din tavla. Och så
envisades hon med att alltid köpa italienskt vin på Syste-
met. Till sist började också jag längta till Italien, som han,
vad han nu hette, sjöng i visan du minns."

"Faen också att jag envisades med att vi skulle vänta
med att se oss om i världen till efter pensioneringen", run-
dar han av.

Sedan ser han sig nyfiket omkring här inne.

"Det är ju faktiskt en trevlig planlösning", säger han
utan att det verkar inställsamt.

"Det är nog inte så dumt med enplanslösning i alla fall, fortsätter han. Trapporna till sovrummen på andra våningen därhemma var mödosamma för Greta de sista åren. Och hemtjänsten tyckte också det var besvärligt."

Den kommentaren var oväntad, tänker jag, och minns hans snorkiga anmärkning när jag höll på med snöskottning på taket i förra vintern. Bättre med snedtak, sa han då, med sin en och en halvplansvilla längre bort på gatan.

När Nilsson gått tittar jag ordentligt på tavlan för första gången på åratal. Samtidigt som jag förbannar att jag började prata om våra lyckade Italienresor och möjligen ökade på självrannsakan hos Nilsson, får tavlan mig att minnas hur mycket det betydde för Linnea att besöka Italien. Och för mig.

Strax efter att Linnea gått bort föreslog min dotter att vi två skulle resa tillbaka till Taurmina och söka upp platserna som Linnea så utförligt präntat ner i sina dagböcker. Det blev starten på min väg tillbaka till en någorlunda normal tillvaro, nu som änkeman. Hon gjorde en insats där, dottern min.

Och idag lärde jag mig lite mer om Nilsson, tänker jag. För mig har han varit mest som en kuf, en slags seriefigur, men nu märker jag att han inte är lika fyrkantig i sättet som jag hittills tyckt. Han svär som vi andra och brukade uppenbarligen dricka vin med frun. Framstår som mer och mer normal för var gång vi träffas.

Nu sjunker jag ner i favoritfåtöljen och släpper loss tankarna. Allt som oftast landar de kring åren då jag började sällskapa med Linnea. Hon bokstavligen dansade in i mitt liv.

Jag hade just blivit invald i kommunalfullmäktige för socialdemokraterna och minns hur nervös jag var första gången jag hälsade på i Linneas föräldrahem. Hennes far var bondeförbundare och det normala var att sossar och bondeförbundare misstrodde varandra.

Men jag accepterades av Linneas föräldrar och syskon, och kände mig till och med välkommen i familjen. Här var politisk tillhörighet tydligen av mindre betydelse än allmän hyfs och redlighet. Och här uppskattades också hederligt hantverkskunnande.

Jag passade uppenbarligen in.

Einar och Joel var mycket nöjda med bygget av Joels föräldrars hus. De hade planerat och slutfört bygget tillsammans och under tiden insett hur bra de trivdes ihop, och eftersom ingen av dem hade lyckats få jobb beslöt de att göra ett nytt försök som egna byggherrar.

Av byggmästare Grahn fick de tips om att lämna anbud på några mindre byggen som var för små för att vara lönsamma för hans byggfirma. Både Joel och Einar låg bra till hos Grahn. Att han litade på grabbarna förstod man av att han generöst nog lånade ut en lastbil, så att de kunde transportera hela fotbollslaget på flaket ner till Borås för att se Elfsborg spela match.

Men trots att Joel trivdes bra med Einar, insåg han att detta inte var vad han ville fortsätta med. Byggbranschen i trakten var mer eller mindre död och tankarna på att lämna Sandhem hade snurrat runt i huvudet på honom en längre tid.

En gammal skolkamrat som var sjuklig och som trots sitt handikapp lyckats få jobb på Posten hade vid ett tillfälle sagt.

"Om jag vore frisk som du, Joel, så skulle jag söka mig bort från samhället. Här har du ingen framtid."

Kamratens råd hängde kvar i Joels medvetande och nu när han försäkrat sig om att föräldrarna hade någonstans att bo, kände han att han kunde släppa oron över hur de skulle klara sig.

På nytt var det byggmästare Grahn som hjälpte honom vidare. Grahn hade kontakt med en byggnadsfirma i Borås och Joel fick tipset att söka jobb där som snickare. Han cyklade de fyra milen till Ulricehamn där han fick bo över hos sin moster Anna. Dagen efter tog han tåget till Borås.

Väl framme stegade han in på firmans kontor och frågade efter byggmästaren. Man pekade på en stängd dörr längre bort.

"Kom in", skar rösten genom dörren som svar på hans försiktiga knackning. Mannen vid skrivbordet verkade barsk och markerade tydligt att han helst inte ville bli störd av en stammande ung man med keps i handen.

"God dag", började Joel nervöst. "Jag undrar om det finns något ledigt jobb här på firman? Jag har hälsningar från byggmästare Grahn i Sandhem", fortsatte han och lämnade över rekommendationsbrevet Grahn hade skickat med.

Byggmästaren granskande honom uppifrån och ner. Han verkade inte särskilt imponerad över vad han såg och när Joel fått redogöra för vad han sysslat med tidigare blev svaret korthugget.

"Grahn är en bra karl och du verkar ju ha erfarenhet från byggande. Men något jobb har jag inte till dig. Jag har så många snickare som jag behöver för närvarande."

Nedslagen tog Joel tåget tillbaka till Ulricehamn. Hans första försök att få jobb utanför Sandhem hade misslyckats kapitalt. Vad skulle han göra nu?

Tillbaka i Ulricehamn väntade moster Anna med kvällsmaten. Hon såg direkt att besöket i Borås hade varit misslyckat och lyssnade deltagande på hans redogörelse av hur det hade utfallit.

"Ge inte upp", sa hon. "Ett försök är inget försök, och jag håller med dig om att det är en klok idé att lämna Sandhem. Åtminstone ett tag. Hanna och August klarar sig bra nu när du sörjt för deras boende. Hela livet ligger framför dig."

"Jo, att cykla tillbaka hem med svansen mellan benen vill jag helst inte. Vad ska jag nu ta mig till?"

"Stanna här ytterligare några dagar så vi får tänka igenom det hela", sa moster Anna. "Kommer tid, kommer råd."

Dagen efter vandrade Joel missmodigt runt i Ulricehamn. En bit ner i backen från där moster Anna bodde, nästan nere vid Åsunden, höll man på med ett bygge. Joel repade på nytt mod till sig och ställde samma fråga som dagen innan i Borås, denna gång till mannen som verkade vara chef för bygget.

Chansningen var lyckad och han blev lovad anställning efter midsommar. Nu kunde han ta cykeln tillbaka hem till Sandhem med äran i behåll. Han skulle komma hem med löfte om ett jobb i bagaget, om än lika osäkert som de tidigare jobben han haft därhemma. Men denna gång i en riktig stad.

Just nu kändes det som att han var på väg att ta ett steg ut i världen.

Joel blev väl behandlad på arbetsplatsen men trivdes trots det inte särskilt bra. De andra arbetarna var äldre, och när arbetsdagen var slut gick alla hem till sina familjer. Att kväll efter kväll gå hem till moster Anna kändes inte heller särskilt spännande, trots att hon var vänlig och glad och lagade god mat.

Hans egen bostad var förvisso inte heller särskilt trevlig att komma hem till. Genom byggherren hade han fått tips om en kammare med vedkamin i ett uthus som han fick hyra för 10 kr i månaden. Den låga hyran var det enda positiva med uthuset. Framemot hösten klarade kaminen inte av att hålla värmen uppe, så han blev tvungen att flytta till ett inackorderingsrum hos en familj. Nu fick han betala betydligt mer i hyra, vilket störde honom eftersom han försökte spara varje slant han kunde.

Varannan helg under sommaren och hösten cyklade Joel hem till Sandhem. Men där stannade han bara för att få en bit mat och hjälp med tvätten. Sen bar det iväg till Kymbo och Linnea, som han nu gick stadigt med.

Under hösten och vintern, då han fortfarande bodde kvar i Sandhem, hade han och Linnea träffats ganska ofta. De möttes på neutral mark i SLU-gården nedanför Ekåsen i Kymbo. Bygdegården låg på Linneas fars marker och hade byggts av ungdomarna i byn. Linneas bröder var mycket aktiva i SLU, och i bygdegården lärde Joel känna bröderna, och de honom. Trots att de visste att Joel var aktiv socialdemokrat i kommunstyrelsen i Sandhem blev han väl mottagen i gruppen som dominerades av bondeförbundare.

Snart var det dags för Joel att bli presenterad för Linneas föräldrar och det var nog bra att han först blivit granskad och godkänd av Linneas bröder. Hans rykte hade gått före honom och Linneas mor bjöd honom att sitta med vid matbordet tillsamman med familjen, mor och far och de fem bröderna samt lillasyster Ragnhild. Två äldre systrar hade flyttat hemifrån. Ragnhild var betydligt yngre än Linnea och mycket nyfiken på Joel.

"Så du jobbar i Ulricehamn", öppnade Linneas far Carl. "Snickare förstår jag?"

"Ha men, så är det", svarade Joel. "Just nu på ett bygge i Ulricehamn men dessförinnan på snickerifabriken i Sandhem."

"Har du fast anställning?"

"Nej, det har varit svårt att få jobb sedan fabriken gick i konkurs, så jag har varit runt på byggen lite överallt i trakten. Bland annat har jag varit med om att bygga en bro norröver härifrån."

"Det var när Linnea bjöd honom på vatten här ute på gårdsplan som de blev kära", inflikade Ragnhild.

"Tyst, Ragnhild", högg Linnea av innan hon hann babbla vidare. Och i stunden ångrade hon att hon berättat för Ragnhild om första mötet med Joel då han tvärade över gårdsplanen på väg hem från brobygget.

Bröderna skrattade åt Ragnhilds kommentar medan Joel rodnade. Liksom Linnea hoppades han att de skulle släppa ämnet. Carl verkade inte ha lyssnat på Ragnhilds kommentar utan tog vid där Joel slutat.

"Men då skulle vi kunna gå ut och titta på hur vi kan bygga till hönshuset nere i svängen. Du kanske kan ge oss något tips om hur vi ska göra?"

Joel var lättad över att samtalet hade tagit en mindre pinsam riktning.

"Kan jag vara till hjälp på något sätt så vill jag förstås det."

"Joel har byggt ett boningshus till sina föräldrar i Sandhem", fyllde Linnea i för att ytterligare styra bort samtalet från första mötet med Joel.

”På så sätt”, svarade Carl lätt imponerad.

”Och så har han och hans kamrat byggt till sockenstugan vid kyrkan”, bredde Linnea på.

”Det var ju bra”, sa Carl, som tyckte kyrkan var viktig. Han var ledamot i kyrkorådet i byn och hade varit drivande i att bygga den nya kyrkan i Kymbo.

Nu började Joel känna sig mer bekväm i samtalet. Hans insats för kyrkan verkade ge pluspoäng. Men så tog samtalet på nytt en ogynnsam vändning.

”Och så förstår jag att du sitter i kommunalfullmäktige. På ett socialdemokratiskt mandat, hör jag.”

Vid den kommentaren blev Joel alldeles stel och Linnea fick på nytt ett spänt ansiktsuttryck. Linneas far var ju bondeförbundare och en inflytelserik person i bygden. Han var nämndeman och hade varit ordförande i kommunalfullmäktige och suttit i de flesta styrande organ i socknen. Han hade också tillhört kärntrupperna när bondeförbundet bildades och hade deltagit i Bondetåget 1914 för att stödja högern och kungen i upprustningen av försvaret.

Joel bävade hur han skulle se på att få in en sosse i släkten. Spänningen släppte emellertid när Carl fortsatte.

”Ja, det är ju bra att du är med och tar ett samhällsansvar. Jag känner många bra socialdemokrater.”

Med den kommentaren markerade Carl att Joel var accepterad och efter några ytterligare besök på gården kände han sig som en i familjen. Ragnhild tyckte det var spännande med systerns fästman och Carl uppskattade att han fick hjälp med hönshuset. Men för säkerhets skull höll Joel en mycket låg profil i politiska frågor. Linneas gunst var mer värd än hans politiska ego.

Kapitel 12

Juli

Igår var det en sådan där dag då jag vaknar full av energi. Men det varier. Av tio mornar är kanske två energifulla, sex så där och två risiga. Men igår gällde det att passa på att få något uträttat.

Jag har länge tänkt att jag borde köpa en finskjorta och tog bilen ner till centrum.

Jag har bott i Nässjö i femtio år och sett stan förändras år från år. Många affärer där vi var stamkunder har försvunnit och ersatts av andra. Utbudet av varor har visserligen ökat, men det väger inte upp den trygghet man har när man handlar i affärer där man är igenkänd och där man känner personalen. Men ibland måste man pröva något nytt.

Efter att ha parkerat på Stora torget stegade jag in i den nya herrekiperingen bredvid Stadshuset och togs emot av ett par glada och hjälpsamma unga herrar, och när jag lämnade butiken hade jag köpt nya kalsonger, strumpor och en kavaj. Och så ett par gabardinbyxor. En hel del mer än den skjorta jag tänkt mig, men i den nya skjortan, byxorna och kavajen såg jag riktigt prydlig ut. Det skulle Linnea gillat. Hennes strategi när det gällde att ekipera mig var att dra iväg mig till Holmers och förnya mig från topp till tå.

Jag tyckte nog oftast att det blev väl dyrt, men hon ville väl ha en prydlig karl antar jag. Nu fanns inte Holmers längre, men grabbarna på Beson var lika serviceinriktade, lite av den gamla skolan. Själv gick Linnea oftast till Lemmingers eller Greens och blev uppklädd. Hon var alltid noga med sin klädsel.

En annan affär som överlevt är Sundbergs, en gammal hederlig järnhandel där expediterna fortfarande står bakom en disk. På de stora, opersonliga byggvaruhusen måste man köpa ett helt storpack med spik även om man bara behöver en handfull. Det behöver man inte hos Sundbergs. Men när man går därifrån har man ofta köpt med sig något annat också. God service lönar sig.

Förmiddagen ägnas åt noggrann läsning av dagstidningen och dammsugning av huset. Grabben tycker att jag borde leja bort städningen, men jag har gott om tid och orken finns där än så länge. Jag räknar in den i motionskontot och så är det ju ett sätt att få tiden att gå. När städningen är klar är det dags med lite mat. Rester från middagen igår.

Jag hinner knappt äta klart innan Albin anländer. I eftermiddag har jag lovat hans mamma att han ska få vara hos mig. Och snart ska vi gå över till Inga.

Klockan tre ringer Rolf på dörren. Han brukar alltid vara propert klädd, men idag har han snyggat till sig lite extra. Vattenkammad och med en blomsterkvast i handen står han på trappan. När han märker att jag tittar på blommorna säger han nästan urskuldande.

”Man brukar ju ha med sig något när man kommer på besök första gången.”

”Bra idé, det brukar imponera”, säger jag, och ropar på Albin att det är dags att gå över till tant Inga och fika.

"Tag med serietidningarna så du har något att syssel-
sätta dig med."

Så låser jag ytterdörren och vi går den korta biten till
Inga. Två långa gubbar och en kort. Två gråhåriga och en
linlugg.

Olivia är redan på plats och efter högtidlig presentat-
ionen av Rolf, som Olivia redan vet vem han är, kändis
bland gamla Nässjöbor, samlas vi kring kaffebordet med
det imposanta kakfatet.

Sen dröjer inte länge förrän Rolf är huvudpersonen i
gruppen. Han kopplar på sig charm och kammar hem ett
och annat skratt då han drar sina historier. Damerna är
märkbart förtjusta och tycker nog att han är en positiv re-
krytering till Handskeryds grå pantrar. Albin är snart klar
med hallonsaften och bullarna han försett sig med, och
drar sig tillbaka till en fåtölj med sin bunt serietidningar.

"Du ska få se en bok om djur som jag har", säger Inga,
som inte tycker att serietidningar är särskilt lämplig littera-
tur för barn, och plockar fram en tjock bok från bokhyllan.

Albin verkar först måttligt intresserad, men efter att ha
bläddrat en stund i boken säger han.

"En huggorm! En sån såg jag i skogen med pappa."

Ordet huggorm öppnar en möjlighet för Rolf att kam-
ma hem ytterligare en poäng hos damerna. Jag har hört de
flesta av hans vitsar.

"Albin, vet du vem av huggormen och bålgetingen som
har farligaste gift?"

"Nej", svarar Albin och tittar upp från boken.

"Det är hugget som stucket", svarar Rolf.

Alla skrattar utan Albin som till min belåtenhet negli-
gerar Rolfs vits och fortsätter att bläddra i djurboken.

Sedan löper samtalet på enligt vanligt pensionärsmönster. Klagomål på glesa busstider, kommunservicen och på att lasarettet lades ner och att man nu är hänvisad till Eksjö, trots att det gått mer än tio år sedan sammanslagningen av de två sjukhusen.

"Till Eksjö av alla ställen. Jädrans snobbstad, full av militärer", säger Rolf som har gjort lumpen på I12.

Och där man bygger hus med snedtak, tänker jag.

"Det var bättre förr", konstaterar Olivia.

" Där har du fel, Olivia," säger Rolf spjuveraktigt. "Det var inte bättre förr, men det är sämre nu."

Här kan jag inte låta bli att kasta in min käpphäst i diskussionen om den gamla goda tiden.

"En sak var bättre förr, nämligen framtiden."

"Det gäller inte sjukvården, den blir bara sämre", kommer det blixtsnabbt från Olivia.

För att inte tappa kontroll över dagordningen och undvika att fastna i sjukvården, överför Inga resolut samtalet till dagens frånvarande huvudperson, Nilsson.

"Jag förstår att du Rolf också känner Nilsson, du vet han som brukar promenera i kvarteren häromkring med sin hund. Hans fru gick bort för en tid sedan och stackarn verkar helt ur balans, han som alltid brukar stanna till och berömma min trädgård."

Den där sista kommentaren irriterar mig. Efter att ha hackat ner på min trädgård har Nilsson alltså gått direkt vidare till Inga och berömt hennes. Jag medger att det är en viss klasskillnad mellan vårt trädgårdsarbete, men ändå.

"Jag känner honom egentligen bara lite grann", fortsätter Inga. "Men han har gått förbi här i många år och då och då har vi språkat lite med varandra. Med du Oliva kände fruns hans från när hon jobbade på kommunen."

"Tystlåten, arbetsam, gjorde inte mycket väsen av sig", summerar Olivia och tillägger därefter på sitt typiska sätt: *"En kvinna som var karl för sin hatt."*

"Joel är väl den av oss som känner Nilsson bäst, tror jag? Eller hur Joel?"

"Jo, så är det kanske. Genom åren har vi bytt några ord. Mest är det han som snackat. Men sedan frun hans gick bort har han öppnat upp sig lite och faktiskt visat en riktigt trevlig sida."

"Joel bytte åsikt om Nilsson efter att han berömde hans uterum", säger Inga och vänder sig till de andra.

Det där sista kommenterar jag inte, lite mer än så ligger bakom min försiktiga omsvängning.

Efter att ha fört tillbaka samtalet till dagens ämne, Nilsson, fortsätter Inga med sin bästa sammanträdesröst. Nu har hon något på gång, tänker jag.

"Jag föreslår att vi ägnar honom lite extra omsorg. Vi kan till exempel bjuda in honom till klubben."

"Klubben?" undrar Rolf och tittar upp.

"Ja, vi har en klubb som vi kallar Handskeryds grå pantrar."

Som *du* kallar Handskeryds grå pantrar, tänker jag, och undrar vad Rolf ska tycka. Det här kan mycket väl omvandlas ett skämt att återberätta i andra sammanhang.

Ordet klubb väcker Albins intresse

"Kan inte jag också få vara med?" frågar han.

"Jovisst", svarar Inga, Rolf är från och med idag adjungerad medlem och om han sköter sig blir han ordinarie. Och du Albin, är från och med idag särskild inbjuden hedersmedlem i Handskeryds grå pantrar."

"Pantrar är svarta", säger Albin, som sitter med djurboken i knäet.

”Inte när dom blir gamla”, svarar Inga, som är van att alltid får sista ordet.

”Vi hade faktiskt en fin pratstund, jag och Nilsson”, flikar jag in. ”När han såg tavlan från Sicilien som jag har hängande i köket och som Linnea köpte när vi var där, berättade han om sin frus dröm om att resa till Italien. Det visade sig att det var just Sicilien som hon hade högst på listan, men så kom sjukdomen i vägen.”

”Året efter att Linnea gått bort drog min dotter iväg med mig till staden där Linnea och jag bott,” fortsätter jag när jag nu fått upp tempot. ”Jag var mycket tveksam först, var nog rädd för alla minnen som skulle dyka upp, men det visade sig vara en bra terapi. Och miljöombytet gjorde mig gott.”

Innan vi skiljs åt blir det lite rundsnack om allt möjligt. Rolf, som verkar stortrivas i damsällskapet, kammar hem några glada skratt genom att dra ett par av sina gamla säkra historier. Först den om att han gått över till Yes från vanligt schampo när han tvättar håret eftersom överskottet rinner ner över magen. På schampoflaskorna står den nämligen *för extra fyllighet och volym* medan det på diskmedlet står *löser fett som annars är svårt att ta bort*. Den har jag hört förut, och så fortsätter han med berättelsen om smålänningen som var så lat och långsam, att när han försökte cykla så ramlade han direkt för att han inte hade styrfart. Också den har jag hört, men skrattar med för att förstärka Rolfs succé.

”Jag kan cykla”, upplyser Albin oss och tittar upp ur djurboken. ”Vet han inte att man måste trampa.”

Det blir slutordet och vi ställer oss upp för att tacka och gå hem, men då överraskar Rolf mig ytterligare en gång idag, först blombuketten och nu genom att börja plocka ihop kaffekopparna.

"Gå ni, jag kan stanna och hjälpa Inga att plocka undan disken", säger han med sitt mest charmerande leende.

Herregud, tänker jag, han har druckit kaffe hos mig åtminstone hundra gånger och aldrig har han hjälpt till att duka av bordet. Vad händer?

Hemma igen stannar jag till framför Sicilientavlan. Det var Linnea som var drivande när det gällde resandet. Inte bara till Italien, utan också till många platser här i Sverige. Jag var oföretagsam när det gällde idéer av det slaget, men när vi väl var iväg njöt jag lika mycket som hon.

Det är mycket jag har att tacka Linnea för. På sätt och vis var det hon som fick mig att ta steget att börja studera, även om jag nog inte insåg det då. Jag hade börjat cykla till Kymbo på friarstråt, och kontakterna med Linneas familj och den framåtanda som hennes far och bröder visade blev en injektion för mig. När jag tänker tillbaka var det en avgörande tid i mitt liv. Det är nog först nu, 60 år senare, som detta går upp för mig.

1930-talet

I november 1935 tog jobbet på bygget i Ulricehamn slut.
På nytt var Joel arbetslös. Han hade levt mycket sparsamt,
och efter att föräldrarnas hus var betalt hade han lyckats
spara nästan tusen kronor. Och han hade en tydlig plan
över vad pengarna skulle användas till. Att förverkliga
drömmen att börja studera.

Tankarna på studier hade följt honom de senaste åren.
Redan som barn hade han varit läsintresserad, ett intresse
som förstärktes under tiden han extraknäckte på IOGT:s
bibliotek.

Med drömmen om en framtida utbildning hade han ta-
git korrespondenskurser genom Kooperativa förbundet
och Hermods. Det började med en kurs i uppsatsskrivning
som följdes upp med sats- och formlära. Därefter läste han
matematik och geometri. Han hade förstått, att för att an-
tas till någon längre utbildning krävdes betyg i dessa grund-
läggande ämnen. I bakhuvudet malde tanken att bygga på
sina praktiska erfarenheter inom snickeri- och byggbran-
schen med teoretiska kunskaper.

På fabriken hade Joel i smyg studerat sina chefers sätt
att arbeta och konstaterat hur olika de basade över arbe-
tarna. Han hade mött dåliga chefer och bra chefer. Verk-
mästare Svensson var förebilden. Han lät arbetarna ta eget
ansvar och grep bara in när det krävdes, och hans avdel-
ning hade högst produktivitet och flest nöjda arbetare.
Drömmen var, att någon gång få ett jobb där han kunde
dra nytta av sådana erfarenheter från fabriksgolvet.

Tankarna på studier hade alltså funnits hos honom en längre tid, men det som fick honom att ta det avgörande steget att börja studera var mötet med Linneas far och bröder. Ingen av dem hade studerat, men deras kreativitet verkade inte ha några gränser. Carl var mycket öppen för det moderna i tiden och var först av bönderna i trakten att dra fram elektricitet till gården. Och brödernas initiativkraft stod inte långt efter. Mossarna kring gården dikades ut och man skaffade mjölkmaskiner och moderna jordbruksmaskiner. I den miljön, där allt verkade vara möjligt, stärktes Joel i tron på sig själv och repade mod att försöka skaffa sig en utbildning.

Redan dagen efter att Joel slutat på byggfirman i Ulricehamn tog han steget som skulle komma att bli avgörande för hans framtid. På vinst eller förlust stegade han upp till stadskontoret i Ulricehamn och bad att få tala med stadsarkitekten. På kontoret blev han mycket väl bemött och stadsarkitekten bjöd honom sitta ner i gästfåtöljen.

”Jaha, och var har du på hjärtat”, frågade han och slog sig ner mitt emot.

”Jag går i funderingar om att börja studera. Och jag undrar om herr arkitekten vet något om Hässleholms tekniska skola?”

Joel hade studerat prospekt från flera utbildningar i landet och förstått att i Hässleholm fanns en utbildning som kanske skulle passa.

Stadsarkitekten satt tyst ett tag och tycktes fundera på vad det här var för en ung man som kommit in till honom med denna oväntade fråga.

"Herr arkitekten har ju själv gått en del utbildningar och jag visste inte vart jag skulle vända mig för att få ett råd", fortsatte Joel.

Stadsarkitekten kände sig överraskad och samtidigt lite smickrad över att bli tillfrågad. Frågan krävde eftertanke.

"Jag har läst om kurser på Tekniska skolan i Hässleholm som kanske skulle kunna var något för mig", fyllde Joel på när tystnaden började bli pinsamt lång.

"Jag har själv aldrig besökt skolan i Hässleholm", sa arkitekten till sist, "men jag känner till några som har fått sin ingenjörsutbildning där och som varit nöjda. Får jag ta en titt på dina meriter?"

Joel var förberedd på frågan och hade tagit med betygen från korrespondenskurserna samt nogsamt utvalda intyg han fått av sina tidigare arbetsgivare.

"Jaha. Det här ser ju bra ut. Du har verkligen inte legat på latsidan. Jag har gjort min utbildning i Stockholm och har en studentexamen i bagaget, men på de tekniska skolorna har jag förstått att man kan bli antagen om man arbetserfarenhet och klarat av vissa teoretiska kurser. Och erfarenhet från arbetslivet verkar du ha så det blir över. Det skulle jag nog själv haft nytta av när jag släpptes ut från arkitekthögskolan."

Styrkt av stadsarkitektens råd att söka till utbildningen blev nästa steg att skicka efter ansökningsblanketter och samla ihop alla intyg. Den utbildning som han tyckte borde passa bäst var verkmästarutbildningen inom husbyggnad. Här antogs man efter individuell prövning och eftersom skolan året innan hade tagits över av kommunen var terminsavgiften överkomlig. Med Joels bakgrund och ekonomiska förutsättningar var detta helt perfekt, och ganska snart efter att han skickat in sin ansökan blev han kallad till intervju i Hässleholm.

Strax före jul tog han tåget till Hässleholm. Intervjun gick bra och med sig hem hade han rektorns löfte att få börja efter nyår.

Men nu gällde det finansieringen. Han hade sin sparade slant på banken som precis räckte till den första termins-avgiften. Men därutöver måste han skaka fram pengar till hyra och mat och till läroböcker. Det löste sig genom att August och Hanna gick i god för ett lån med huset som säkerhet. Nu skulle han klara vårterminen.

Genom skolan fick han tips om en äldre dam som hyrde ut rum åt elever och henne sökte han omedelbart upp. Fru Åkesson var änka efter en spannmålshandlare och hade en stor trävilla med några uthyrningsrum. I hyran ingick frukost och ett mål mat på kvällen.

Efter någon månad, när fru Åkesson lärt känna Joel lite bättre och förstått att han var hantverkskunnig, erbjöd hon honom nedsatt hyra mot att han gjorde en del renoverings-arbeten i huset. Detta var perfekt för Joel och det innebar att sparpengarna skulle räcka lite längre. Verkmästarkursen sträckte sig över två terminer och för att få slutbetyg kräv-des förstås godkänt på alla momenten. Besparingarna räck-te inte hela tiden fram till jul, men det fick bli ett senare problem.

Joel trivdes med utbildningen och också med kamra-terna, trots att han var klart äldst i klassen. Fördelen med att vara äldre var att han hade mer än tio år i träbranschen att falla tillbaka på. Han hade till och med mer erfarenhet från arbetslivet än en del av sina lärare.

Fram på höstkanten sinade emellertid kassan. Tack vare ströjobb under sommaruppehållet klarade han sig ett par månader, men sedan var pengarna slut. Nu var det dags att ta mössan i hand och besöka Sparbanken. Där hade han en livförsäkring som han kunde belåna och så fick han ihop 250 kronor. Nu gick det ett tag till.

Joel och Linnea brevväxlade kontinuerligt, och eftersom man hade skaffat telefon på gården hemma hos Linnea kunde de också samtala direkt med varandra ibland. Inte alltför ofta dock, rikssamtal var dyrt och pappa Carl tillät inga överdrifter. Det gick till så att Joel gick till Telegrafstationen och beställde rikssamtal till Kymbo nummer 5, numret hem till Linnea. När växeltelefonisten meddelade att samtalet var kopplat och Joel gått in i det ljudisolerade telefonbåset svarade alltid husfar Carl, varefter Linnea, med fars goda minne, ringde upp telegrafstationen i Hässleholm och bad om ett personligt samtal med Joel.

"Personligt samtal till herr Johansson i hytt nummer tre", hördes från telefonisten och så gick Joel in i hytten där de kunde prata ostört med varandra en stund. Dock inte alltför länge. Det var pappa Carl tydlig med. Det var han som stod för telefonräkningen.

Trots fulla arbetsdagar och kontinuerlig brev- och telefonkontakt med Linnea kändes det ensamt på kvällarna i den lilla kammaren hos fru Åkesson. En räddning i tristessen var besöken på föreläsningsföreningen. Precis som hemma i Sandhem passerade en jämn ström av föreläsare som fyllde samlingssalen på Folkets hus.

En kväll lyssnade Joel till en arkitekt ifrån Lund som talade om ett nytt företag som hette HSB. Arkitekten var mycket entusiastisk över deras sätt att bygga bostäder. Det var nya tankar om hur vanliga människor med begränsade ekonomiska förutsättningar skulle kunna äga sin lägenhet och påverka sitt boende. Och genom HSB:s egen bank skulle man kunna spara till insatsen i den egna bostaden. HSB-idén tilltalade Joel. Den låg helt i linje med folkrörelsetankarna han hade med sig från tiden i IOGT och SSU därhemma i Sandhem.

Kapitel 13

Juli

När jag går mina promenader väljer jag gärna områden som jag känner speciellt för, platser som jag har angenäma minnen från.

Igår tog jag till höger på Lövåsgatan och svängde nedåt vid Granviksgatan, förbi skräddarmästare Bengtssons fina trädgård. Han lever inte längre, men han var lika duktig på trädgårdsodling som på skrädderi och vi beundrade hans damm med röda näckrosor och de höga popplarna ut mot gatan som förde tankarna till Sydeuropa.

Nere vid järnvägen passerade jag bostadshusen som var mitt första byggprojekt i Nässjö. Där bodde vi i en trerummare med utsikt över sjön, Linnea och jag med våra två barn. Det var en fin miljö för en barnfamilj och jag har bara angenäma minnen från den tiden. Vi hade en liten odlingslott som gränsade till Bengtssons trädgård och där diskuterade Linnea och Bengtsson odling.

Jag blev glad när jag såg hur välskötta husen där vi bodde är. De ser nästan ut som när de var nybyggda. Bostadsrättsföreningen sköter sig bra, konstaterade jag. Även utan mig i styrelsen, lade jag till. Jag har insett med åren att de unga klarar sig bra utan mig. Fast det trodde jag nog inte förr.

Sedan tog jag vägen bort till järnvägsundergången där jag passerade på cykel flera gånger per dag på väg till och från jobbet. Fabriken låg så nära att jag kunde cykla hem, såväl på frukostrasten som på rasten mitt på dan. Så fick jag min motion på den tiden.

Men när jag såg resterna av fabriken jag jobbat på i trettiofem år vände jag uppåt mot Handskeryd igen. Uppför Kåltorpsbacken, korsade Queckfeldtsgatan, tog höger vid Höghuset och så var jag hemma.

Jag blev nedstämd när jag tänkte på fabrikens öde.

Det var alltså gårdagens promenad. Min dagliga motion fick jag, men lite mindre trevliga tankar dök upp ur minnet. Linnea tyckte, när det begav sig, att jag inte skulle gå och gräma mig över nedläggningen av fabriken. Jag var nog ganska så nedstämd en tid efteråt och hon hade rätt i att jag gick och ältade avvecklingen. Det var skönt att det inte var jag som behövde informera ett par hundra arbetare att de skulle sägas upp, men jag vill tro att jag hade skött det på ett snyggare sätt än som blev fallet. Flera av mina gamla arbetskamrater vittnade om hur hårt de hade drabbats.

Jag jobbade på fabriken på olika nivåer under hela min tid i Nässjö, först som ritare, sedan verkmästare och i slutet som verkstadschef och kände mig delaktig i uppbyggnaden av verksamheten. Det var ett svek av ledningen i Stockholm att lägga ner och sälja fabriken. Den var koncernens flaggskepp och man borde ha förstått att köparen bara var ute efter produkterna och snart skulle lägga ner verksamheten. Så blev det, och ett par hundra arbetare förlorade sin utkomst.

Nu står jag och tittar på mig själv i spegeln. Jag vill påstå att jag är långt ifrån fåfäng, men ibland måste man ju kamma sig. Som nu då jag just har tvättat håret. Jag ryggar tillbaka då jag ser mannen i spegeln. Det ju far! Men sen inser jag att det är jag själv som långsamt blivit en kopia av farsan. Ögonen är identiska och trots att jag korrigerat min skelögdhet är det farsans ögon som tittar tillbaka på mig. Han var ingen vacker man och följaktligen är inte jag det heller. Den insikten fick jag för många år sedan då min grabb påpekade att min näsa var lika röd som gubbarnas på parkbänken på Stora torget. Nåja, man får försöka kompensera sina tillkortakommanden på annat sätt.

Men det är inte bara utseendet och hjärtfelet jag har fått med mig från farsgubben. Jag tror till exempel att mitt lugna temperament har jag efter far. En lång stubin har jag haft stor glädje av i livet. Min långsamhet har förhoppningsvis av en del tolkats som klok eftertänksamhet, fast andra skulle kanske kalla det tröghet och senfärdighet. Skit samma!

Inga hade bett mig att ringa och bjuda in Nilsson till nästa möte med Pantrarna, så senare på kvällen letar jag upp hans telefonnummer i katalogen och slår honom en signal. Det hinner gå fram många signaler och jag är nära att lägga på när han svarar.

”Sture Nilsson”, hör jag och blir först mållös. Har han ett förnamn?

”Hej det är Joel, hur har du det?”

Jag vet att han går omkring och mår dåligt och min fråga är naturligtvis korkad, men hur börjar man egentligen ett telefonsamtal med någon som man vet har det svårt? Något måste man ju säga.

"Det är som det är", svarar han.

Jag skyller min slentrianmässiga fråga på att han överrumplade mig med att svara med sitt förnamn. Sture? Det hade jag aldrig gissat. Alfons eller möjligen Rudolf skulle passat honom bättre. Men Sture är väl helt okej. Sture Nilsson! Jag framför mitt ärende och efter en viss övertalning lovar han att komma.

"Även Stickan är bjuden", lägger jag till. "Klockan två hos Inga på onsdag, alltså", avslutar jag och lägger på.

Efter att ha ringt Inga och delgivit henne nyheten att Nilsson har ett förnamn och att han efter en viss tvekan tackat jag till att möta Handskeryds grå pantrar, slår jag mig ner i fåtöljen och släpper loss hjärnan.

Tankarna på fabriken har inte helt lämnat mig. Slutet av min tid som anställd var inte vad jag önskat, först min förtidspensionering och sedan den skamliga nedläggningen. Men mitt yrkesval ångrar jag inte. Och det var logiskt att jag hamnade här i Småland, mitt i träriket, för träarbete har följt mina förfäder i generationer.

Min farfars far var torpare, men eftersom han var kunnig i att arbeta med trä drygade han ut inkomsterna genom att tillverka spinnrockar. Hans spinnrockar märkte han med initialerna A-J-s, August Johansson, och jag har hört att det fortfarande kan dyka upp en och annan spinnrock på auktionerna i hemtrakterna med hans initialer.

Genom sin far spinnrockstillverkaren fick farfar Johan tidigt smak för träarbete och blev i unga år snickarlärling på Tunarps säteri utanför Sandhem. Han var måttligt intresserad av jordbruk och djurskötsel, så därför startade han möbeltillverkning i deras lilla torparstuga. Far berättade att det fanns två rum och kök i stugan och ett av rummen användes som snickarverkstad. Min far i sin tur var finsnickare på snickerifabriken därhemma och fortsatte efter sin pensionering med ta emot beställningar på specialsnickerier i sin lilla verkstad på tomten. Och jag har traskat vidare i deras fotspår.

Sonen blev däremot tandläkare. Herregud!

När jag vaknar upp efter en kort slummer förstår jag att jag drömt mig tillbaka till den första tiden med Linnea. Jag ler vid minnet av hur jag tack vare en förstående guldsmed vid Stora torget i Nässjö lyckades förhindra en smärre katastrof inför vår förlovning. Och leendet blir än större när jag tänker på hur det slumpade sig att jag hamnade just här i stan, där jag räddades av en sympatisk man i en guldsmedsaffär.

1930-talet

Under sommaren hade Joel och Linnea kommit överens om att det var dags att förlova sig. Joel ville helst vänta tills han läst färdigt och fått ett jobb, men Linnea var mer angelägen. Ända sedan hon slutat folkskolan hade hon gått hemma på gården och slitit.

Pappa Carl hade visserligen låtit henne gå ett år på husmodersskolan i Brunnsnäs, det hörde till att flickor på landet skulle förberedas inför det förutbestämda livet som hemmafru, men under det året blev det uppenbart för Linnea att det var dags att lämna hemmet och far och mor. Hon var ju tjugosex år, gudbevars, och nu gällde det faktiskt att sätta fart på Joel.

Linnea hade gjort klart därhemma att en förlovning var på gång, så något formellt anhållande om flickans hand som annars var brukligt slapp Joel. Hon brukade få som hon ville och Carl och Hilma ansåg att Linnea var i trygga händer och skulle bli väl omhändertagen av den blivande mågen. Snart var han färdig med skolgången och verkade ha ordning på ekonomin. Men de visste förstås inte att Joel hade det exceptionellt knapert och att alla hans besparingar skulle ta slut fram mot höstkanten. Det visste däremot Linnea, men hon sa inget.

Förlovningen var planerad till första helgen i november. Joel hade pengar som räckte precis till resan hem. Om han kunde hanka sig fram till jul skulle han få sin examen och kunna söka jobb, men nu gällde det först att klara av det här med förlovningen. Att han inte hade haft råd att köpa förlovningsringar vågade han inte tänka på, och att han inte haft modet att berätta det för Linnea skämdes han över. Även om han inte hade någon aning om hur, fick han på något sätt lösa det hela när han kommit hem.

Det var helt otänkbart att skjuta på förlovningen. Linneas föräldrar var vidtalade och Joels föräldrar och Linneas syskon var bjudna på förlovningskaffe. Det var således med oro på gränsen till illamående som Joel steg på tåget i Hässleholm för resan hem till den stora begivenheten.

Joel satte sig alltså på tåget utan någon plan för hur han skulle kunna reda ut det hela. Han låg bra till hos Linneas far, men kunde Joel försörja hans dotter när han inte ens hade råd med förlovningsringar?

Det var tågbyte i Nässjö och tre timmars väntan på Falköpingståget. Joel vandrade runt i staden och funderade på hur han skulle lösa sitt dilemma. Han kunde säkert få låna pengar till ringar av föräldrarna eller någon släkting, men saken var den, att det var i övermorgon som förlovningen skulle gå av stapeln. Någon tid att ta sig till Falköping och låna pengar och inhandla ringar fanns inte.

Som en osalig ande vandrade han gata upp och gata ner och när han för fjärde gången passerade stadshuset satte han sig på en parkbänk i rundeln på Stora torget. Där upptäckte han en skylt i hörnan vid esplanaden ner mot järnvägsstationen: Södergrens Guldsmedsaffär.

Efter en stunds tvekan tog han mod till sig och gick in i guldsmedsaffären. Klockan över dörren ringde och ut kom guldsmeden själv från ett rum bakom disken. Han var inte mycket äldre än Joel, vilket gjorde det aningen lättare för Joel att berätta om sin pinsamma belägenhet. Han kanske förstår, tänkte Joel. Han kan ju inte mer än slänga ut mig.

Guldsmeden lyssnade till Joels berättelse och granskade honom från topp till tå, samma blick som när han synades av byggmästaren i Borås och stadsarkitekten i Ulricehamn, eller för den delen banktjänstemannen då han skulle belåna sin livförsäkring på Sparbanken i Hässleholm. I Borås gick han på pumpen, men det hade gått bättre i Ulricehamn och Hässleholm. Möjligen hade han vuxit något i förmåga att uttrycka sig, och denna gång adderades en viss desperation till första intrycket.

”Om jag skulle låna ut ett par ringar, har du något du kan lämna i pant?” frågade guldsmeden.

Inte hade Joel något direkt värdefullt att lämna, men han hade ju fickuret han ärvt efter sin morbror, morbror som också hade lämnat efter sig sitt förnamn till Joel. Värdet på uret svarade inte på långa vägar upp till värdet på ett par ringar, men för Joel var fickuret oskattbart.

Guldsmeden förstod nog att det emotionella värdet av uret var stort, eller också var han bara snäll. Kanske fick han också en god historia att berätta för vännerna. Hur som helst, de tog i hand och ut ur affären gick en lättad Joel. Kvar stod en möjligen godtrogen guldsmed och kliade sig i skallen och undrande vad han just hade gått med på.

Förlovningsfesten blev mycket lyckad. Linnea såg i förlängningen hur hon gifte sig, flyttade hemifrån och satte bo med sin Joel. Carl och Hilma såg framför sig en tryggad framtid för Linnea tillsammans med en måg, stadd i ekonomi att trä en vacker ring på dotterns ringfinger. Och Joels föräldrar August och Hanna såg allmänt belåtna ut med att sonen trolovats med en duktig bondflicka.

På tillbakaresan till Hässleholm passade Joel mellan tågbytena på att gå upp till guldsmeden vid Stora torget för att göra upp affären. Kamraten Einar, som fortsatt bygg-verksamheten efter att Joel lämnat kompanjonskapet, var nu stadd i kassa och lånade med glädje ut pengarna Joel behövde till ringarna. Ingen mer än Einar och guldsmeden visste hur det hela hade gått till. Helt ovetande om historien bakom införskaffandet av ringarna lämnade Linnea ifrån sig sin ring för gravering i Nässjö. Joel betalade för ringar och gravering och fick tillbaka fickuret med det stora affektionsvärdet.

"Du ska ha tack för att du räddade mig", sa Joel och tog guldsmeden hand.

"Ingen orsak", svarade guldsmeden. "Kanske har jag fått en kund att göra affärer med i framtiden."

"Vem vet var man hamnar när man är klar med studierna?" sa Joel. "Det verkar vara hyggligt folk i Nässjö."

Kapitel 14

Juli

Nyss tittade Albin förbi. Han såg att jag jobbade i trädgården och nu går han bredvid mig när jag krattar ihop gräset efter kantklippningen av gräsmattan. Som vanligt har han sina funderingar. Idag handlar det om vad som händer när man dör. Svår fråga, som inte bara jag utan större delen av jordens äldre befolkning brottas med. Han återvänder till vår diskussion om Linnea, som jag berättat ligger begravd på kyrkogården.

"Kommer hon tillbaka?"

Hur berättar man för en sexåring om döden, tänker jag, och funderar på hur jag ska kunna svara honom på ett lämpligt sätt. Då minns jag en barnpsykolog på TV som sa att man inte ska tala med barn om döden i alltför abstrakta ordalag, utan snarare förenkla och gå rakt på sak. Jag väljer alltså den senare varianten.

"Hon är död och kommer sorgligt nog aldrig mer tillbaka", svarar jag helt i enlighet med psykologens råd.

"Är jordgubbarna mogna än", fortsätter Albin abrupt. Han tycks vara klar med existentiella diskussioner för den här gången. Fast för en del människor är säkert jordgubbars mognadsgrad också en existentiell fråga, tänker jag.

Lättad över att få prata om mer jordnära ämnen, även om såväl jordgubbar som människor *är av jord komna*, tar jag med honom ner till jordgubbslandet för att kolla.

”Inte riktigt dags ännu”, säger jag. ”Om två-tre dar kan vi plocka in några stycken och då kan jag bjuda på jordgubbar med vaniljglass.”

Med detta svar nöjer sig Albin och smiter in genom häcken hem till sig.

Samtalet om jordgubbar får mig att tänka på en episod i Stjärnhallen igår. En parant dam valde länge mellan de olika askarna med jordgubbar. Sen såg hon sig omkring och bytte ut de minde gubbarna i sin ask med några praktexemplar från de andra askarna. Hon trodde nog att ingen såg henne, men jag upptäckte hennes fula trick där jag stod bakom en hylla. Jag ville naturligtvis inte avslöja henne för andra, men kostade på mig en diskret harkling som fick henne att rodnande går mot kassorna.

En liten vardaglig händelse som berättar om människans sämre sidor. Fast det är kanske en evolutionär fördel hos människan, detta med att förse sig med de bästa exemplaren. Det gäller inte bara jordgubbar utan även när man väljer partner.

Nu tittade amatörpsykologen fram igen, tänker jag och går in till mig.

Det är tre gubbar med viss rondör som senare på dagen står på rad i solskenet ute i Ingas trädgård. Livremmarna sitter liksom en bit nedanför magarna med spännena lutande snett utåt. Damerna däremot är slanka och vältrimmade efter regelbunden motion. En utomstående betraktare med insikt i hälsofrågor skulle kunde konstatera att gubbarna har lite att jobba på. Albin, som är inbjuden i sin egenskap av adjungerad medlem i Handskeryds grå pantrar, sitter i gräset med Stickan i knäet.

"Välkomna allesammans", börjar Inga. "Vädret är väl så bra att vi sitter ute?"

Då vi märker på tonfallet att det inte är en fråga utan snarare en uppmaning, slår vi oss ner runt trädgårdsbordet. Och vädret är faktiskt fint. Skönt att sitta ute.

"Trevligt att också du kunde titta förbi, Sture", fortsätter hon. "Och Stickan också förstås."

Jag hajar till när Inga använder Nilssons förnamn. Hon snappar upp det mesta och är alltid lika omtänksam, men för min del får det nog bli Nilsson även fortsättningsvis.

Som alltid när vi träffas svänger samtalet från det ena ämnet till det andra och även Nilsson fyller i lite här och där. Att det här gör honom gott är tydligt, och han ser inte alls lika dyster ut som han gjort den senaste tiden. Som oftast prickar Inga rätt när det gäller människors behov. Det var nog bland annat det som gjorde henne till en så bra sjuksköterska, tänker jag.

Inga berättar om Folkets parks program i sommar och försöker locka med någon i gruppen att följa med henne på operett. Eftersom jag inte vuxit upp i stan har jag ingen riktig känsla för folkparken, och ingen annan i gruppen verkar heller särskilt intresserad av att slå följe med henne. Utom Rolf, som verkar genuint intresserad. Ser jag ett mönster här?, frågar jag mig.

"I vår ålder måste man passa på att ha kul så länge man kan", säger han. "Man vet inte vad som väntar en runt hörnet. *Snart nog står liemannen vid tröskeln*, som Bellman skrev."

Jag sneglar åt Nilssons håll efter Rolfs inpass. För ett par dar sedan hade Nilsson förbannat sig själv för att han inte tagit med frun till Italien medans tid var, men då jag ser att han ler åt Rolfs kommentar kan jag konstatera att jag som vanligt är överdrivet ängslig över att någon ska såras. Man kan nog vara ganska direkt i sina kommentarer även bland vuxna, tänker jag, inte bara när man talar om döden med Albin.

"Jag kände en man som var så orolig över att han skulle dö inom kort att han aldrig köpte gröna bananer", fortsätter Rolf i sin vanliga stil.

Efter en kort paus innan skämtet fallit på plats skrattar alla högt, även Nilsson.

"Ja, men då lönade det sig ju inte att ta upp bananerna i testamentet," fyller Nilsson i och kammar även han in en poäng.

Nu jäklar, tänker jag. Han har humor också, Nilsson. Ingas humörhöjande terapi är på god väg att lyckats.

"Vi hörde av Joel att du och Greta alltid längtat till Italien", säger Olivia och vänder sig till Nilsson. "Det har jag också", fortsätter hon. "Jag har aldrig varit där, men det har legat i bakhuvudet och gnagt. Du har varit i Italien, eller hur Joel?"

"Jo, som jag berättade häromsistens var Linnea och jag på Sicilien ett par gånger. Och efter Linneas bortgång lockade min dotter med mig på en nostalgiresa tillbaka till den lilla byn där Linnea och jag vandrat omkring. Så här i efterhand förstår jag vilket bra sätt det var att bearbeta sorgen och börja vägen tillbaka. Att våga konfrontera minnena."

"Vad säger ni?" utbrister Inga plötsligt så högt att både Stickan och Albin tittar upp, Albin som fortsatt att bläddra i djurboken som Inga visat honom sist han var här. "Ska vi förlägga ett möte med Pantrarna till Italien?"

164

Det var det mest radikala förslag hon hittills kommit upp med i gruppen och det följdes först av en kompakt tystnad. Men snart sprider sig ett överseende leende bland de närvarande som inser det orealistiska i idén. Hur skulle det gå till? Sex åldringar som ger sig ut på en utlandsresa?

"Lysande förslag", utbrister Rolf som alltid är med på noterna. Särskilt numera när det gäller Ingas påhitt.

"Jag kan nog tänka mig att följa med", hör jag mig själv säga utan att ha tänkt igenom hur det skulle fungera för min del med mina hjärtproblem och alla mediciner. Fast med en sjuksköterska av Ingas kaliber så…, tänker jag utan att avsluta tanken.

"Vad säger du Nilsson?"

"Jag kan tyvärr inte följa med", säger Nilsson. "Jag har ju Stickan, så jag har."

"Jag kan ta hand om Stickan", utropar Albin, och när Stickan hör sitt namn hoppar han upp i Albins knä och slickar honom i ansiktet.

"Det tillåter nog inte dina föräldrar", svarar Nilsson för att dämpa Albins entusiasm och för att hitta en väg ut ur situationen. "Han måste ha motion på morgonen och på kvällen. Det är jobbigare än du tror att ha hund."

Innan Nilsson hunnit avsluta meningen springer Albin iväg hem till sin mamma för att sälja in förslaget.

"Vad säger du, Olivia?" fortsätter Inga.

"Ja för fasen!", säger Olivia som alltid är positiv. "Och även om våra pensioner inte är tilltagna i överkant så kan vi väl kosta på oss en resa."

"Det är bättre att leva ett rikt liv än att dö rik", slår hon fast.

Där kom den, tänker jag. Olivia förstärker som vanligt sin ståndpunkt med en aforism.

"Vi gör så här, att jag kollar med Reso om dom kan sy ihop en resa för fem pensionärer till Italien," fortsätter Inga. "Helst till Sicilien där Joel kan guida oss."

"Resebyrån heter Ligmerts nuförtiden, men jag vet att den gamla personalen är kvar," inflikar Olivia. "Jag känner en trevlig tjej som heter Lena som jobbar där. Vi kan gå dit tillsammans."

Just när det är sagt kommer Albin springande med sin mamma i hälarna.

"Vi kan ta hand om Stickan", ropar han och pekar på mamman och fortsätter: "Eller hur, mamma?"

"Inga problem", svarar Albins mamma. "Både jag och min man är förtjusta i hundar. Det fixar vi."

"Men huset mitt?" fortsätter Nilsson som fortfarande verkar leta efter en anledning att stanna hemma. Om det är skötseln av Stickan och huset under den dryga vecka det kan röra sig om, eller ängslan över att ge sig ut på resa så här snart efter hustruns död som är orsaken till hans tvekan är svårt att säga. Sannolikt den senare.

Här känner jag att jag bör gripa in i diskussionen.

"Tro på mitt ord Nilsson, att resa bort och få perspektiv på allt du gått igenom den senaste tiden är det bästa du kan göra. Och nog klarar sig gräsmattan i några dar."

Just när jag sagt detta hör vi någon ropa mitt namn över häcken.

"Joel, kan du komma över så vi kan få tala med dig", säger en kvinna som jag känner igen från mina besök hos Olof på Åkersborg. Bredvid henne på min gräsmatta står en man i polisuniform.

Jag trycker mig igenom häcken för att slippa gå runt kvarteret för att ta mig hem. Berberishäckar har taggar påminns jag om när det börjar blöda på ena handen. Min blodförtunnande medicin gör att jag snabbt måste få upp en näsduk ur fickan och med handen invirad i näsduken går vi på polismannens förslag och sätter oss på min terrass.

"Olof har försvunnit, säger damen och nu vill polisen här höra om du har någon aning om vart han kan ha tagit vägen."

Sedan händer allt mycket snabbt. Alldeles för snabbt för en gammal man med hjärtproblem.

✳✳✳

Det två senaste dygnen har varit helt kaotiska.

När jag nu sitter här i fåtöljen ett par dagar efter att Olof försvann, konstaterar jag att det är ett under att mitt hjärta klarat stressen. Men samtidigt, överlevde jag detta så är en Italienresa med Pantrarna absolut inget att oroa sig för.

Samtalet på terrassen med damen från ålderdomshemmet och polismannen var starten på en serie händelser.

Olof hade inte dykt upp till lunchen. Trots sitt förvirrade tillstånd skötte han sig själv i långa stunder och han behövde för det mesta ingen extra tillsyn av personalen. Men han missade aldrig en måltid, så därför skickades en av personalen till hans rum, bara för att konstatera att där fanns han inte. Och hur man än sökte kunde man inte hitta honom. När klockan var fyra förstod man att han, utan att någon märkt det, hade lämnat vårdboendet. Något liknande hade aldrig förut hänt, varken med Olof eller någon annan av de boende, och efter att utan resultat sökt i kvarteren runt ålderdomshemmet förstod man att man måste ta hjälp av polisen. Olof hittade nog bra i områdena kring Åkershäll, men i hans förvirrade tillstånd kunde vad som helst hända.

Den enda person som besökte honom på hemmet var jag, och därför var det också mig man kontaktade för att få något tips av var han kunde tänkas ha tagit vägen. Jag tog ofta ut Olof på promenader och vi gick våra turer i omgivningarna. Eftersom jag och Linnea under många år bott i HSB-husen vid Handskerydssjön, mitt emot Åkershäll bortom Adela udde, kände jag väl till stigarna runt sjön och där hade Olof och jag ofta gått våra rundor. Ibland tog vi grusvägen ut mot Spexhult och senaste gången var vi förbi den nya idrottsanläggningen vid Fredriksdalsvägen. När Olof på sin tid spelade bandy höll man till på idrottsplatsen nere i stan, bakom brandstationen, och jag tyckte det var kul att få visa honom den nya anläggningen med konstisbana och allt.

Då vi gjorde våra små utflykter i trakter han kände till var han helt med på noterna och i långa stunder samtalade vi precis som förr. Inte minst livades han upp när vi kom in på bandymatcherna på Gamla idrottsplatsen med Nicke Bergström och de andra profilerna.

Detta berättade jag för polisen, men i övrigt hade jag inget att komma med som kunde vara till hjälp i sökandet. Polisen bad att få låna min telefon och ringde till polisstationen och beordrade en patrull att söka av gatorna i Åkershäll och vägarna i närheten med radiobil.

”Nu hoppas vi att snart hittar honom”, sa polisen när han kom tillbaka. ”Om du kommer på något mer som vi kan ha hjälp av får du höra av dig.”

”Personalen är förtvivlad och är också ute och letar”, fyllde damen från Åkersborg i.

När de lämnat huset satt jag en stund och funderade om jag mer handgripligt kunde hjälpa till på något sätt. Polisen verkade ta Olofs försvinnande på allvar, och trots att man säkert hade mycket annat att ta hand om på en vanligtvis underbemannad polisstation hade de dragit igång ett eftersök.

Jag tittade på mitt nylagda bandage kring handen, undvek berberishäcken och rundade för säkerhets skull kvarteret tillbaka in till Inga.

Som jag förstod hade de undrat vad som var å färde. De hade sett hur vi satt allvarliga på min terrass och eftersom Rolf hade känt igen polismannen var de oroliga att det hade hänt något allvarligt med mina barn eller barnbarn.

Jag berättade det jag fått höra om Olofs försvinnande, vilket upprörde alla i sällskapet. Alla utom Nilsson och Albin visste vem Olof var, jag hade förstås berättat om mina återkommande besök hos Olof för de andra. Särskilt Rolf kände honom väl, eftersom Olof ingått i det lilla gäng som träffades i Margaretaskolans matsal för många år sedan.

"Kan *vi* göra något?" frågade Olivia.

"Klart vi kan", svarade Inga, "inte kan vi sitta här och rulla tummarna när Joels vän är försvunnen. Han kan ju ha för farao ha ramlat i sjön i det skicket han är."

"Tror du att han är självmordsbenägen?" frågade Rolf.

Jag svarade att det trodde jag inte. Han hade aldrig verkat nedstämd eller förtvivlad, snarare mestadels glad i sin förvirring. Bäst mådde han när han fick spela sina jazzskivor på rummet eller prata idrottsminnen från förr.

"Om vi skulle ge oss ut och leta ikväll, var tror du vi borde börja?"

Efter att ha tänkt en kort stund svarade jag, att eftersom polisen säkert söker av gatorna med bil och personalen letar på gårdarna i Åkerhäll vore det nog en bra idé om vi tog oss an området runt Handskerydssjön. Jag var den som bäst kände till stigarna och därför föreslog jag att vi skulle dela upp oss i två grupper och söka av var sin sida av sjön. Inga, Olivia och Rolf skulle ta Adela udde och Badhusskogen upp emot Åkerhäll, och jag och Nilsson stigen på södra sidan av sjön. Och så bestämde vi att vi skulle mötas på vägen nedanför Åkerhällshusen.

Jag skickade hem Albin och efter att vi blivit serverade smörgås av Inga trängde vi in oss i min lilla Volvo 343 och körde ner och parkerade på Södra Allén.

Klockan hade hunnit bli halv nio när vi möttes nedanför Åkerhäll. Jag, Nilsson och Stickan hade tagit stigen utefter järnvägen och letat oss fram till Pettersson udde. Med bävan hade vi spanat ut över vassruggarna i strandkanten, innerligt önskande att inte hitta Olof liggande i vattnet.

Stickan verkade ha förstått att även han borde hjälpa till i sökandet och hade sprungit fram och tillbaka, ibland före och ibland efter oss. Plötsligt hade han stannat till och tittat ut i vassen där det låg ett klädesplagg och flöt, men nästan direkt hade vi kunnat konstatera att det bara var en handduk som troligen drivit över viken från badstranden vid Adela udde. Varken utefter stigen eller kring badviken närmare Åkerhäll såg vi minsta spår av Olof.

Den andra gruppen hade delat upp sig. Inga och Olivia hade följt strandkanten och Rolf sökte igenom tallskogen fram till järnvägen.

När vi samlades på andra sidan sjön hade solen försvunnit och det hade börjat skymma, och vi kunde bara konstatera att någon Olof hade vi inte sett till.

170

Vi körde upp till Åkersborg, bara för att mötas av beskedet att ingen heller där hade hittat Olof. Polisen fortsatte sitt letande och vidgade nu sina cirklar för sitt sökande.

Uttröttade och oroliga samlades vi hemma hos Inga för att rådgöra om vad vi mera kunde göra. Något mer sökande skulle vi inte orka med ikväll utan var och en gick hem till sig.

Efter en orolig natt vaknade jag klockan sex och det tog en stund innan jag sorterat upp tankarna från gårdagen. Jag steg upp, men innan jag klätt på mig, ätit frukost och stoppat i mig mina tabletter ringde jag till Åkersborg och höll tummarna för att Olof kommit tillbaka.

Negativt besked. Ingen Olof. Föreståndarinnan berättade om hur personalen var helt utom sig av oro. Man hade försökt tänka igenom vilka möjligheter Olof hade att ta sig osedd så långt bort från ålderdomshemmet, men sakande uppslag.

Efter att ha klätt på mig och avslutat standardfrukosten bestående av en rejäl tallrik havregrynsgröt med kröser och mjölk samt en kopp starkt kaffe, ringde jag Inga och delgav henne det nedslående beskedet.

"Jag ringer Rolf och så ses vi hos mig om en timma", var hennes koncisa svar på mitt besked. "Det måste finnas något mer vi kan göra."

Bra att åtminstone någon har handlingskraft, tänkte jag i mitt vankelmod. Och även om vi inte kan göra något mer för stunden är det skönt att dela oron med andra.

De följande fyra timmarna ägnade vi åt att söka av ett större område. Vi tog min bil, korsade järnvägen och körde långsamt vägen ut mot Spexhultssjön. När vi såg en skogsväg eller stig stannade vi och gick in en bit i skogen och tittade. Allt var förstås chansartat och när vi kom fram till Solbacka insåg vi att det var meningslöst att fortsätta på det här sättet. Vårt osystematiska letande var mer till för att stilla vår egen oro än att på riktigt hoppas att hitta Olof.

Hemma igen svängde Inga ihop en enkel lunch. Nu hade Olivia anslutit och när sedan Nilsson och Stickan dök upp var Handskeryds grå pantrar samlade. Så kom jag på att jag lovat att ta hand om Albin under eftermiddagen, och efter att ha ringt hans mamma och hedersmedlemmen Albin kommit springande var pantergruppen fulltalig.

Efter lunchrasten ringde jag på nytt Åkersborg, men också denna gång var beskedet negativt. Däremot berättade man att polisen skulle sätta in en hundpatrull för att söka av skogsområdena kring ålderdomshemmet.

I det läget tog Inga på nytt kontroll över situationen och började fråga ut mig om Olofs vanor. Jag hade inte mycket mer att komma med än att berätta var Olof hade bott innan han flyttade till Åkersborg. Huset han hade tagit över efter sina föräldrar ligger bara en halvtimmas promenad från ålderdomshemmet, och kanske var det tillbaka till sitt barndomshem som han sökt sig? Kanske inte helt ologiskt tänkt.

Även om vi kunde utgå ifrån att polisen hade kört runt på gatorna i Åker under natten var vi överens om att vi skulle ta en tur till andra sidan Runnerydssjön och gatorna i Åker.

In i min bil igen, Nilsson och damerna i baksätet med Stickan i Nilssons knä och Albin i knät på Olivia, och i framsätet jag och Rolf.

På nytt delade vi upp oss i två grupper och jag, Nilsson och Stickan bildade liksom igår ett lag, nu förstärkt med

Albin. När vi släppt av de andra, nästan ända borta vid Målen, körde vi till Skogsvallen där jag och Olof hade vandrat tidigare i vår. Vi sökte av områdena kring idrottsanläggningen och jag klättrade längst upp på läktaren för att få överblick. Inte så väl genomtänkt kanske, allt jag såg var det inhägnade området där säkert vaktmästarna hade full koll, och för min del var jag tvungen att sitta ner ett tag för att få ner pulsen. Inget förmaksflimmer idag, som tur var.

Under tiden hade Nilsson och Albin, den senare med Stickan i koppel, gått runt utanför anläggningen. Allt resultatlöst.

Modstulna hoppade vi in i bilen, kryssade oss fram på smågatorna i området för att någon timma senare möta de andra mitt på Mellangatan, lika nedstämda som vi.

Nu hade även eftermiddagen gått utan ett spår efter Olof. För varje timma ökade vår oro och vi målade i tystnad upp olika hemska tänkbara scenarier. Bara det att han sannolikt varit utan mat och dryck i mer än ett dygn var i högsta grad oroande. Mat klarar man sig utan ett tag, men vi visste ju alla vad vätskebrist kunde ställa till med hos åldringar. Om förvirringsgraden ökar hos äldre, friska individer, hur skulle den inte påverka Olofs redan tidigare förvirring?

När vi skiljdes på kvällen dagen efter försvinnandet var vi överens om att vi nog inte kunde tillföra sökandet mer. Nu fick polisen ta över.

I morse upprepades gårdagens procedur. Telefonsamtal till Åkersborg och först därefter påklädnad, frukost och medicinintag. Fortfarande inga positiva besked om Olof. Inga riktigt negativa heller för den delen. Vart han än tagit vägen fanns det god chans att han levde. Att det var sommar och relativt varmt även på nätterna talade för att han kunde klara sig några dar.

Idag var det Inga som kom in till mig. Över en kopp kaffe gick vi igenom vad som hänt och jag redovisade vad föreståndarinnan hade sagt. Nu skulle man utöka sökandet genom att kalla in militär ifrån Eksjö och få hit ytterligare en hundpatrull från Jönköping.

Vad föreståndarinnan också sagt var, att en av personalens cyklar hade försvunnit samma dag som Olof. Trodde jag att han var handlingskraftig nog att ge sig iväg på cykel? I så fall skulle han ju kunnat ha tagit sig långt bort ifrån ålderdomshemmet, och mycket talade ju för att han inte befanns sig i den omedelbara närheten. Om han nu inte ligger död i något buskage, tillade hon, vilket sänkte mitt humör en nivå ytterligare. Jag sa som det var, att han in sin ungdom hade cyklat mycket och att han kände till de flesta vägarna runt stan, även om mycket hade byggts om sedan dess.

När Inga hörde detta gick hon igång och bombarderade mig med frågor om vårt cyklande. Hur långt trodde jag att han skulle orka cykla i det skick han var? Hade han några favoritställen? Hade han tagit med mig till någon särskild plats när det begav sig, han var ju uppfödd i stan och ville kanske visa mig som nyinflyttad sina bästa ställen?

Jag hade förklarat för Inga att vi talade om slutet av 30-talet, det vill säga för nästan femtio år sedan. Hur skulle jag kunna komma ihåg var vi for runt för så länge sedan?

Men efter Ingas anfallsvåg med frågor hände det något i skallen på mig. Olofs morbror hade haft en liten stuga djupt in i skogen bortom Fredriksdal, inte långt från en sjö som jag vill minnas heter Lannafallssjön. Vid ett par tillfällen hade vi cyklat dit, och att det var ett favoritställe för

Olof rådde ingen tvekan om. Han hade berättat om somrarna hos morbrodern, om hur han snarade gäddor och lärde sig simma i sjön som låg några hundra meter bortom den oansenliga stugan.

När jag berättat för Inga hur mina tankar gick, slog hon ihop händerna och utropade.

"Men där borde vi naturligtvis leta."

Jag försökte förklara för henne att Olof knappast var stark nog att ta sig ända dit på en stulen cykel, och att det nog inte fanns kvar något av stugan som genom sitt otillgängliga läge knappast hade tagits över av någon annan efter morbroderns död.

Men varför inte, tänkte jag, det kan inte skada att försöka hitta platsen för stugan. Hellre det än att sitta här overksam.

"Vi tar med Nilsson och ser om vi kan hitta dit", fortsatte Inga. "Kanske Stickan kan vara till nytta i letandet."

Så får det bli, tänkte jag och ringde Nilsson. En halvtimma senare plockade vi upp honom och hunden och så bar det iväg till Fredriksdal.

Jag visste att stugan hade legat någon mil bortom Fredriksdal, men inte så lång bort som vid den större Bodaforsvägen. Det var förr i tiden ingen egentlig väg in till stugan utan snarare en körväg med grässträng i mitten, sannolikt mest använd för arbete i skogen. Hur den såg ut nu var omöjligt att säga, troligen ännu mer oansenlig.

Efter första avtagsvägen till sjön stannade jag bilen ett par gånger där vi tyckte oss se en skogsväg, men efter att ha vandrat utefter vägen en kort bit var jag säker på att vi var på fel spår.

"Det här är dömt att misslyckas", sa jag när vi återvänt till bilen efter tredje försöket. Och det menade jag verkligen. Jag hade inte en aning om var vi skulle ta av för att hitta rätt.

”Nej”, sa Inga. ”Vi ger inte upp förrän vi kommit till Bodaforsvägen.”

Nilsson sa ingenting. Han höll nog med mig om hur utsiktslösa mina famlande försök var att hitta.

”Där borta ser jag en skogsväg”, sa Nilsson som satt i framsätet med Stickan i knäet, i sin tur med nosen ut genom en öppen glipa i sidorutan.

Jag bromsade in, och efter att ha kontrollerat att jag skulle ha möjlighet att vända bilen tog jag in på den nästan igenvuxna vägen. Vi följde vägen till fots en bra bit in i skogen, Stickan först, nosande efter harar eller annat av intresse för hundar. Han verkade var den ende i gruppen som tyckte det var kul.

När vi gått ett hundratal meter in på vägen kom vi till en liten glänta med en ek, mitt bland alla granar och tallar. Nu väcktes något till liv inne i skallen på mig och när jag såg ett stenröse bortom eken tänkte jag att här hade jag möjligen varit tidigare. Men i nästa stund slog pessimisten inom mig till, när jag insåg att det finns många gläntor och ekar i de småländska skogarna och minst lika många stenrös.

Gläntan med eken fick mig ändå att fortsätta den mer och mer igenvuxna vägen framåt, Stickan först, därefter vi tre gamlingar. Jag såg på Nilsson att han började bli lika trött som jag, men den vältränade Inga verkade lika rask som Stickan. Förutseende som alltid, bar hon dessutom på en ryggsäck med kaffe och vatten. Oavsett vad som fanns utefter vägen var det snart dags att ta rast.

Men min intuition sa att det nog kunde vara värt att gå en bit till och efter ett par hundra meter blev jag mer och mer säker på att vi kommit rätt. Men det innebar förstås inte att vi skulle hitta Olof. Att leta vid den gamla stugan, eller resterna av den, var förstås en chansning, det förstod vi alla.

Till sist kom vi fram till stugan. Eller det som fanns kvar av den, för av vad som hade varit ett välskött litet hus, återstod nu endast en stengrund och mitt i det som varit köket växte en björk och en hasselbuske.

Men att detta hade varit en oas för Olofs morbror förstod man när man såg sig omkring i den ljusa gläntan med en vildvuxen gammal syrenhäck i ena ändan. Och bakom stengrunden såg man skymten av sjön genom träden. Minnet av den lilla stugan i gläntan kanske ändå hade lockat en förvirrad Olof att ta sig hit?

Och mycket riktigt, lutad mot ett träd stod en herrcykel av tämligen modernt snitt. Efter den första glädjen över fyndet kom orostankarna tillbaka om i vilket skick vi skulle hitta Olof. Och så var det ju det här med närheten till sjön. Hur hade han tagit synen av resterna av sin barndoms, nu förfallna stuga?

Stickan sprang runt i gläntan och sniffade, och snart bar det iväg genom snåren ner mot sjön. Och vi efter, nu lika ivriga som hunden.

Vi nådde snart stranden, men fortfarande inga spår efter Olof. Men Stickan gav inte upp. Han satte av utefter stranden, men återvände snart, nu märkbart orolig, och sprang sedan tillbaka samma väg han kommit. Vi följde efter och vid den lilla badviken hittade vi Olof liggande under träden. Inga var först på plats och konstaterade sakligt, sjuksköterska som hon var, att han var vid liv, men mycket medtagen.

"Jag känner en svag men jämn puls", konstaterade hon
och öppnade ett av hans slutna ögon med tummen och
pekfingret. "Allt verkar OK", sa hon och lade honom till-
rätta i sidoläge. "Men han behöver komma under vård
snarast."

"Vågar vi flytta honom", frågade Nilsson, men just då
tittade Olof upp och såg förvånad på mig.

"Är det du Joel? Är du också i himlen?"

"Nej Olof, vi är inte i himlen. Vi är i Fredriksdal. Inte
riktigt samma sak."

"Han är uttorkad", avbröt Inga vår meningslösa kon-
versation. "Öppna ryggsäcken och räck mig vattenflas-
kan."

Sen satte hon honom upp och placerade sig själv ba-
kom som ett ryggstöd.

"Öppna hans mun och häll försiktigt lite vatten i mun-
nen på honom."

Jag gjorde som hon sa och efter att i min nervositet hällt
en del utanför munnen fick jag Olof att dricka ett par klun-
kar. Någon minut senare hade jag fått honom att tömma
halva flaskan.

Därefter lyckades vi gemensamt resa honom upp, och
jag och Nilsson bar honom i gullstol med sammanflätade
händer till bilen. Han var inte särskilt tung, men tillräckligt
för att tömma två gamla gubbar på deras sista krafter.
Stickan hade under tiden fortsatt sitt letande efter harar
och annat villebråd, som tur var utan något resultat. Men
tur var det att han visat vägen till Olof.

Vi baxade in Olof i baksätet med Inga bredvid och sen
bar det iväg.

Det var som att Volvon förstod allvaret, och trots den sega automatlådan på 343:an uppförde den sig som en Formel 1-kärra.

Jag frågade Inga om vi inte borde stanna till i Fredriksdal och ringa efter ambulans, men hon tyckte att eftersom han lyckats dricka upp resten av vattnet var det bättre att köra direkt till sjukhuset i Eksjö.

"Tokigt att de lade ner lasarettet i stan. Det är ju precis i sådana här situationer som man behöver få vård snabbt, så man gör", sa Nilsson, och ingen i bilen sa emot honom.

Snart kunde jag springa in på Akuten och be om hjälp att få över Olof på en bår och därefter försvann han och Inga in genom dörrarna bakom väntrummet.

Efter att ha parkerat bilen gick jag in i väntrummet och satte mig att vänta på att Inga skulle komma ut. Nilsson och Stickan stannade kvar i bilen.

Efter bara en halvtimma kom Inga ut och rapporterade att man undersökt honom och satt ett dropp. Han ska nog klara sig hade doktorn sagt. Självklart ville de behålla honom över natten och kanske någon extra dag för att se att hur han återhämtade sig efter de två dygnen utan mat och vatten.

Jag bad att få låna en telefon och ringde till polisstationen och rapporterade lättad att Olof var återfunnen i någorlunda gott skick och att han nu var under vård i Eksjö. Sedan samma information till föreståndarinnan på Åkersborg, som nu kunde andas ut och rapportera till personalen att Olof var återfunnen vid liv. Och cykeln skulle jag och ägaren hämta vid senare tillfälle. Men först efter att jag fått ett par dagars återhämtning efter dessa exceptionellt påfrestande händelser.

Åter hemma hos Inga sjönk vi ner runt matbordet och till och med Inga var så trött att hon sa att vi fick nöja oss med att dela på smörgåsarna och dricka upp kaffet i termosen. Lagad mat fick vi klara oss utan. Den ende som fick lite extra omsorg var Stickan som helt rättvist utspisades med ett par råa prinskorvar i en skål under bordet. Han var ju dagens hjälte.

Nu dröjde det inte länge förrän det ringde på dörren och utanför stod en vit bil med SVT skrivet med stora bokstäver på sidan. Två unga kvinnor, den ena med filmkamera ville träffa hjältarna för ett utlåtande. Nilsson och jag drog oss bakåt i rummet. Detta var ett uppdrag för Inga. Hon var den mest representativa av oss och tycktes inte ha något emot att bli intervjuad för Smålandsnytt i TV. Men först ville hon dra en kam genom håret.

TV-folket lämnade inte huset förrän de också fått filma Stickan, och sedan dröjde det inte länge förrän de två lokaltidningarna var på plats. Nu skulle vi alla, inte minst Stickan, fotograferas.

Men sen lägrade sig lugnet. Oliva och Rolf kom över för en uppdatering, men jag och Nilsson gick uttröttade var och en hem till sig. Nu fick det räcka med spänning för den här gången. Väl inkommen sjönk jag ner i favoritfåtöljen och somnade direkt.

***

När jag tagit mig upp ur den tunga sömnen och därefter rekapitulerat de senaste dagarnas händelser, konstaterar jag att så mycket har jag inte varit med om på så kort tid sedan jag blev pensionär. Och knappast tidigare heller. Känslan av att ha klarat av stressen gör mig belåten, mäter pulsen och konstaterar att jag är nere på mina 70 slag som vanligt. Jag har nog lite kvar att ge, trots min åttio år.

Konstigt nog har jag inte drömt om Italienresor eller tröstlöst letande i snårskogar och inte heller om vådliga bilfärder på småvägar. Den långa drömmen jag haft handlade i stället om att jag och Linnea sitter i den lilla lägenheten på Handskerydsvägen 10, vår första bostad i Nässjö, och om skolan i Hässleholm och om hur jag började jobba på fabriken i Nässjö.

Men nu känner jag hur hungrig jag är, och går ut i köket och tar fram påsen med djupfryst pyttipanna från Stjärnhallen, slår på en platta på spisen, tar fram stekpannan och knäcker två ägg. De ska var stekta bara på ena sidan, inte vändstekta, det är jag noga med. Så gjorde Linnea.

1930-talet

Hösten gick och till jul var Joel klar med utbildningen. Med verkmästarexamen i bagaget hoppades han få jobb som förman inom byggbranschen, men det var lättare sagt än gjort. Byggandet hade visserligen börjat komma igång efter depressionen, men efterfrågan på arbetsledare var liten och i trakten kring Hässleholm fanns definitivt inte den typ av jobb som Joel hoppats på. En kamrat på skolan hade en far som var byggmästare i Ängelholm och som lovat Joel en anställning till våren, men till dess var han tvungen att hitta en försörjning.

Efter många försök lyckades han till sist få jobb på ättiksfabriken i Perstorp där man byggde en fabriksbyggnad. Där arbetade han ett par månader som vanlig grovarbetare, utan nytta av sin utbildning. Lönen var låg och det var precis att det gick ihop, allt han tjänade gick till mat och hyra för det lilla inackorderingsrummet.

Tidigare under hösten hade han lyssnat på ett föredrag om HSB som hade imponerat på honom och på biblioteket i Perstorp hade han kunnat läsa mer om HSB-rörelsen. På vinst eller förlust skickade han ett brev till HSB:s kontor i Stockholm där han redogjorde för sin utbildning och sina erfarenheter från arbetslivet. För säkerhets skull avslutade han med att uttrycka sina sympatier med tanken att vanliga människor skulle kunna äga sin bostad och slippa vara beroende av privata ägare. Lite inställsamhet skadar knappast, tänkte han, särskilt som han stod för det han skrev.

Det gick en tid utan att han hörde något från Stockholm, men en dag kom ett brev från arkitekt Wallander. Högste chefen på HSB! Namnet kände han till från sina efterforskningar på biblioteket och visste att Wallander var en av grundarna till HSB-rörelsen och känd för sitt engagemang för att förbättra bostadsstandarden för gemene man.

Joel läste brevet om och om igen och trodde nästan han drömde när han insåg att Wallander faktiskt frågade om han var intresserad av att arbeta på HSB:s snickerifabrik i Nässjö. Wallander skrev att kvaliteten av snickerierna som beställdes till HSB:s bostäder var låg och att man därför höll på med att bygga upp en egen produktion, baserad på nya rön om inredning av bostäder. Han hade sett i Joels ansökningshandlingar att han hade erfarenhet från såväl snickeriarbete som husbyggande och hänvisade till en disponent Leander, som Joel kunde kontakta om han var intresserad.

Och visst var han intresserad!

Dagen efter gick han till Telegrafstationen och ringde till Leander. Leander bad honom läsa upp brevet han fått från Wallander och efter att ställt några korta frågor till Joel avslutade han samtalet med frågan om Joel kunde komma till Nässjö för en intervju. Brevet från Wallander verkade väga tungt.

"Passar det att jag kommer på måndag", frågade Joel utan att ha någon plan för hur han skulle kunna ta sig dit. Det fick ordna sig på något sätt.

När Joel kom ut från Telegrafstationen darrade han av upphetsning. Vilken chans! Nu gällde det att göra ett gott intryck på disponenten i Nässjö.

Men så var det problemet med pengar till resan som måste lösas. Han var helt pank och hade nästan inte haft råd med telefonsamtalet.

Det var inte första gången han behövde klia sig i huvudet för att hitta pengar till att ta nästa steg i livet. Men denna gången hade han ingen idé om hur det skulle gå till att få pengar till biljetten till tågresan.

Då kom han att tänka på änkan Åkesson, som han hyrt in sig hos i Hässleholm under studietiden. Hon var sällskapssjuk och efter maten brukande hon vilja konversera sina inneboende. Och Joel visste att han låg bra till hos tanten.

Dagen efter sa han upp sig på jobbet och redan efter arbetsdagens slut lämnade han bygget med några saftiga svordomar från byggbasen efter sig. Men det var ett påhugg utan något kontrakt och utan några rättigheter, så han brydde sig inte. De fick klara sig utan honom.

Pengar hade han precis så att det räckte för att ta tåget till Hässleholm och med resväskan med alla ägodelar i ena handen och portföljen med ansökningshandlingar i den andra, stegade han upp till änkan och knackade på. Hon blev glad att återse honom och bjöd in honom på kvällsmat. När hennes nuvarande två inneboende lämnat matsalen började hon nyfiket fråga ut honom vad han gjort sedan sist och vad han hade för planer.

”Så du ska resa upp till Nässjö och söka jobb”, sa hon, efter att ha lyssnat till Joels berättelse. ”Det kommer att gå bra. Sätt på dig kostymen så du gör ett gott intryck.”

”Kostymen har jag pantsatt så det får bli det jag har på mig. Problemet är bara det att jag inte har pengar till biljetten”, svarade Joel och hörde själv hur det lät. Han skämdes. Kände sig som en tiggare.

"Du kan låna av mig", föreslog änkan Åkesson. "Jag vet vilka av er pojkar som man kan lita på. Hur mycket behöver du låna?"

"Femtio kronor räcker", sa Joel. "Det bör vara tillräckligt för resan och en natt på Järnvägshotellet."

Fru Åkesson blev rent av entusiastisk över att kunna hjälpa honom ur knipan, kilade upp till övervåningen och kom tillbaka med en skokartong som hon utan vidare placerade mellan dem på bordet. Lådan var full med sedlar. Intäkterna från hyresgästerna hade hon arkiverat i sitt privata bankfack, skokartongen.

"Du får låna 100 kronor så att du kan överleva någon vecka däruppe i Småland. Betala tillbaka kan du göra när du börjar få lön på ditt nya jobb. Och du har väl ingenstans att bo till på måndag, så jag ställer i ordning ditt gamla rum som står tomt."

Hon var tydligen betydligt säkrare än Joel på att det hela skulle gå vägen. Sedan kilade hon tillbaka uppför trappan med skokartongen.

Måndag morgon löste Joel biljett till det tidiga morgontåget till Nässjö. Väl framme bokade han in sig på det billigaste rummet de hade på hotellet på Järnvägsgatan, tvättade av sig och drog en kam genom håret. Nu gällde det!

Han tog med sig sina merithandlingar i portföljen han tagit över efter sin far och traskade iväg utefter Järnvägsgatan, tog till höger över bron och sedan till vänster in på Bäckgatan. Där låg fabriken med kontoret i första byggnaden till höger. HSB hade ett par år tidigare tagit över lokalerna efter en möbelfabrik och man var redan igång med att utvidga verkstaden. Längs Bäckgatan löpte en järnvägsräls som ett par hundra meter längre bort svängde av till höger mot Tobaksmonopolet. Som den järnvägsknut Nässjö var, gick det järnvägar i alla riktningar och allt styrdes ifrån ställverket bara ett stenkast från fabriken.

Joel blev stående utanför, imponerad över de nya byggnaderna. Så långt man kunde komma från fabriken han jobbat på i Sandhem när det gällde modernitet. Så tog han några djupa andetag och stegade uppför trappan till kontorsbyggnaden.

Där möttes han av en ung dam som satt i entrén och som följde med honom till disponent Leanders rum. Med samma känsla som när han på vinst eller förlust sökt upp stadsingenjören i Ulricehamn, knackade han på dörren och bjöds komma in.

Det visade sig att Leander redan läst hans merithandlingar som anlänt med posten från Stockholm på morgonen. Efter en halvtimmas småprat, där Joel märkte att Leander mest försökte bilda sig en uppfattning om vad han var för en person, inte vad han kände till om träbranschen, var samtalet över. Merithandlingarna innehöll uppenbarligen det han behövde veta i den vägen. I stället frågade han hur kom det sig att Joel fastnade för HSB. Vad sysslar du med på fritiden? Har du sällskap med någon flicka? Vill hon flytta hit?

"Jag skickar efter verkstadschefen, så får han visa dig runt på fabriken", avslutade han. "Särskilt ritavdelningen där jag tänkte att du skulle börja och sen får du några dagar på dig att tänka på om du accepterar jobbet."

Ritaavdelningen, tänkte Joel. Bättre än så kan det inte bli. Konstruktionsritning hade varit hans favoritämne under utbildningen och möjlighet att få utlopp för sina egna idéer var exakt vad han önskade. Den sidan av snickeri hade han fått en icke föraktlig insikt i när han jobbade nära sin far, finsnickaren. Men förstås, till en början skulle det mest bli att rita vad andra tänkt ut och försöka lära sig så mycket som möjligt om hur man jobbade på avdelningen.

Om fabriken hade sett storslagen ut från utsidan blev han inte mindre imponerad när han visades runt på de olika avdelningarna.

"Jag tror jag redan har bestämt mig för att ta jobbet", sa han till verkstadschefen.

"Men då går vi tillbaka till kontoret och gör upp", och så gick de tillbaka till Leander.

"250 kronor i månaden är vad vi kan erbjuda", sa disponenten utan att lämna utrymme för förhandling.

Det var betydligt bättre än vad Joel tjänat tidigare och att klaga på lönen i den sits som Joel befann sig i fanns inte i tanken.

"När kan du börja?"

"I princip omgående", svarade Joel, "men först måste jag hitta någonstans att bo."

"Medans sekreteraren gör iordning anställningspapperen kan vi gå över till ritavdelningen så du får träffa dina nya kollegor", sa verkstadschefen. "Dom kan säkert ge dig tips om hur du får fatt på en bostad."

På ritavdelningen tog en man i 50-årsåldern emot och presenterade honom för två grabbar i ungefär samma ålder som Joel.

"Jag vet att det finns ett rum ledigt där jag hyr in mig", sa en av grabbarna när han hörde att Joel var på jakt efter bostad. "Är du ensam, eller har du tjejen med?"

"Min fästmö hoppas jag ska komma efter, men det dröjer nog en tid. Just nu behöver jag bara en säng och tips om var jag kan äta billigt."

De ringde hyresvärden och gjorde upp att Joel kunde komma och titta på rummet redan samma eftermiddag.

"Vi ungkarlar äter våra måltiden på Margaretaskolan på Storgatan till en överkomlig penning."

"Du får några dagar på dig att installera dig, och så kan du börja på måndag klockan sju. Nu går vi tillbaka till kontoret och skriver på papperen och sedan kan du gå till kassörskan och hämta ut en halv månadslön i förskott."

Bra, tänkte Joel. Då har jag pengar att resa hem till Linnea och berätta de goda nyheterna.

Så kom det sig att Joel hamnade i Nässjö. Det hade gått snabbt. För några dagar sedan slet han på ett jobb han vantrivdes med i Perstorp och nu hade han fast anställning med en hyfsad månadslön och med arbetsuppgifter som var intressantare än han vågat drömma om. Rummet han hyrde var väl inte så hemtrevligt, men maten på Margaretaskolan var perfekt för en ung man med god aptit. Och i samband med middagarna lärde han känna flera andra unga grabbar i samma sits som han, ungkarlar om bodde inackorderade utan möjlighet att laga mat hemma. Bäst kontakt fick han med Rolf Hermansson från Malmbäck, som visade honom runt i trakten. På cykel tog de långa turer tillsammans med Joels arbetskamrat Olof Johansson som jobbade på enstycksavdelningen och var en av de skickliga snickare som tillverkade prototyper till skåp, dörrar och fönster som konstruerades på ritavdelningen.

Joel trivdes utmärkt med det nya jobbet. Här kom hans kreativitet i kombination med hans handfasta erfarenhet av snickeri till nytta, och han kände att hans arbete var uppskattat. Linnea hade förra året avslutat studierna på hushållsskolan en bit utanför Ulricehamn, samma skolning som pappa Carl ansåg att alla hans döttrar skulle ha, och nu när Joel hade en fast anställning var det dags att gifta sig. Hög tid att flytta hemifrån tyckte Linnea, som hade tröttnat på att gå därhemma med arbetsuppgifter som en piga.

Bröllopet hölls i Kymbo kyrka med efterföljande kalas hemma i Wässingsholmen. Bara ett par dagar efteråt bar det av till Nässjö. Samtidigt som Linnea såg fram emot att flytta hemifrån, bävade hon för att byta slätten i Västergötland mot de Småländska tassemarkerna.

Efter att ha stigit av tåget, båda släpande på stora resväskor fulla med presenter de fått till sitt nya hem, promenerade de upp till Stora Torget för att ta bussen till den lilla enrummaren på Handskerydsvägen 10 som Joel hade hyrt åt dem. Han var nervös över vad Linnea skulle säga om den enkla lägenheten, hon hade ju bara hört hans beskrivning av hur den såg ut, och hon var bortskämd med gott om plats och ett stort kök och matsal på gården därhemma.

När de passerade guldsmedsaffären där Joel lånat förlovningsringar ett par år tidigare, log han för sig själv och riktade en tacksam blick mot affären. Men han berättade förstås inget för Linnea. Ändamålet helgar medlen, tänkte han.

Men Linnea trivdes bra i deras lilla krypin. På bara några dagar förvandlade hon ungkarlslyan till en riktigt hem, med utdragssoffa och litet köksbord och två fåtöljer i hörnan med den splitter nya radioapparaten. Och det fina var att i huset bodde tre andra par, alla i samma ålder, som de snart blev goda vänner med.

På sensommaren den första september 1939, dagen efter att de glada och fulla av tillförsikt beslutat att skaffa barn, tog de cyklarna upp till Isåsaskogen för att plocka lingon. Medans de gick där i skogen hörde de kyrkklockorna börja ringa. Mitt på blanka eftermiddagen! Hela tiden ljöd klockorna och de förstod förstås vad som höll på att hända. Kriget hade brutit ut.

Joel slogs av minnet då han som 6-åring hörde kyrkklockorna ringa för krig, något han hoppats slippa höra igen under sin levnad. Då förstod han inte innebörden av vad som skedde, men insåg då han såg föräldrarnas reaktion att något hemskt höll på att hända. Nu visste han att tiderna på nytt skulle förändras.

På kvällen satt Linnea och Joel och lyssnade på nyhetsrapporteringen om hur tyskarna hade gått in i Polen, och nu antog man att Storbritannien och Frankrike snart skulle förklara Tyskland krig.

"Jag vill nog ändå att vi försöker skaffa barn", sa Linnea.

Kapitel 15

September

Nu sitter jag bredvid Nilsson på planet som ska ta oss till Catania på Sicilien. Jag lät honom välja fönsterplatsen, och efter starten hade han storögt följt geografin under oss.

"Därnere är Kockumskranen, nu ser jag ända till Smygehuk, nu är det bara hav under oss", hade han kommenterat. Det var först när planet kommit över molnen som han slappnat av och lutat sig tillbaka i stolen.

Inga och Olivia beställde in vin, Nilsson och Rolf whiskey och jag själv en Tuborg. Maten hade inte blivit bättre sedan jag senast var ute och flög, men vi var hungriga och efter de vanliga tafatta försöken att öppna alla plastförpackningar hade vi slukat det som bjöds.

Mätt och lite snurrig efter ölen, man är ju inte riktigt van, sitter jag och tänker tillbaka på allt som hänt sedan de dramatiska dagarna då Olof försvann. Bredvid mig snusar Nilsson, trött efter allt som hänt sedan vi startade resan tidigt på morgonen.

Efter att Olof hade återfunnits föll jag tillbaka till min vardagslunk, skötte gräsmattan och skördade det lilla jag odlade i trädgården, då och då samspråkande med min gode vän Albin.

Trots allt som hände under våren och sommaren höll jag fast vid rutinen att varje vecka ha telefonkontakt med sonen och dottern. Det är skönt att veta att de har det bra. Jag har två barnbarn i Norrköping och ett i Umeå och deras vardag vill jag gärna följa. Begåvade är de alla tre, men det tycker väl alla äldre om sina barnbarn.

I augusti hann jag med en resa till Östergötland och en till Västerbotten. Trevligt att komma hemifrån ett tag, inte minst efter allt ståhej under sommaren. Men det bästa med att resa bort är ändå att komma hem. Det finns en trygghet i den dagliga rutinen här hemma. Ett lugn som man uppskattar mer och mer ju äldre man blir.

Och så gick jag också mina promenader i stan, förstås. För säkerhets skull hade jag kollat upp att hjärtat fungerade som det skulle och lyssnat på min läkare som lugnat mig med att det inte skulle vara några problem med flygresan. Och det finns läkare också på Sicilien, hade han sagt. Dem hoppas jag förstås slippa träffa.

Jag hade också besökt Olof på Åkersborg några gånger. Efter ett par dar på sjukhuset hade han fått komma hem och verkade ha hämtat sig fysiskt efter äventyret vid morbroderns stuga. Första gången kände han igen mig och sken upp.

”Kommer du, Joel? Vad trevligt!”

Men vid besöken därefter visste han inte vem jag var. Han var med på noterna då jag styrde in samtalet på gamla tider, men efter en kort stund sjönk han in i sin egen värld. Tidigare när jag lämnat honom hade det alltid känts bra. Nu fyllde besöken mig bara med vemod, jag hade förlorat en mycket kär vän. Han levde, men ändå inte. Och så kom min egen oro att hamna i samma sits som Olof tillbaka.

De grå pantrarna hade träffats några gånger och reseledarna Inga och Olivia hade informerat oss jämförelsevis oföretagsamma herrar om hur planeringen av utlandsresan fortlöpte. Resebyrån hade bokat in oss på en gruppresa till Sicilien i mitten av september, då den värsta värmen var över. Jag tyckte det var skönt med guide och inbokade bussresor. När Linnea och jag rest hade vi bara fått hjälp med att boka hotell i Taormina, resten fick vi sköta själva och utan några som helst språkkunskaper var det stressigt minns jag. Skönt att slippa allt stök, även om det var förskräckligt vad dyrt det har blivit sedan sist.

Sista träffen innan resan, som vanligt hemma hos Inga, hade präglats av spänning och nervositet. Särskilt Nilsson verkade påverkad av det faktum att han inom en vecka skulle lämna tryggheten i Handskeryd. Även jag kände en viss resfeber, inte bara för att ge mig iväg med mitt oroliga hjärta och dosetten fulltankad med mediciner, utan även för att på nytt möta minnena av Linnea. Men spännande var det, och innerst inne tror jag att det skulle göra även mig gott, inte bara Nilsson. Han, som faktiskt var huvudorsaken till hela äventyret.

”Jag har bokat tre enkelrum och ett dubbelrum”, öppnade Inga och såg finurlig ut.

”Tre enkelrum? Vi är ju fem”, sa Olivia.

”Ja, Rolf och jag tyckte det blev lite dyrt, så vi bokade ett dubbelrum åt oss.”

”Enbart av ekonomiska skäl, alltså”, fyllde Rolf blixtsnabbt i.

En kort tystnad följdes av ett långt skratt. Alla stämde in i skrattet, även de dubbelrumsbokade tu.

”Förresten Rolf, snarkar du?” frågade Inga.

”Bara när jag sover,” svarade Rolf.

För mig föll allt på plats. Rolf och Ingas möte på pensionärsdansen, en uppsnofsad Rolf med blombukett inför första träffen med Pantrarna hemma hos Inga, och den inställsamma hjälpsamheten med att stanna kvar och bistå Inga med att plocka ut disken efter oss. Och så här i efterhand kan jag konstatera, att nästan varje gång vi besökt Inga var Rolf redan på plats när vi andra anlände.

"Kul!" utbrast Olivia.

"Fantastiskt kul," instämde Nilsson.

Intressant, tänkte jag, men framför allt härligt att få se mina två bästa vänners förälskade leenden.

"Det blir inte lite trångt på rummet tycker ni?" frågade Nilsson pillemariskt.

"Lite trångt, men billigare", svarade Rolf. "Det där med trängsel får vi ta".

För varje möte med Pantrarna hade Nilsson tinat upp mer och mer, och fram tittade en Nilsson med humor och snar till skratt. Tänk vad man kan missta sig på en person, konstaterade jag. Och tänk vad rätt Inga hade haft när hon bjöd in Nilsson till vår grupp. Och tänk också vad lite normal omtanke om en medmänniska kan betyda.

Den 12 september klockan 09.12 skulle tåget till Malmö avgå. Nu stod alla på perrongen och väntade. Som vanligt blåste det en snålkall vind från Runnerydssjön. Stämningen var uppsluppen, alla hade en resväska och alla bar praktiska reskläder. Alla utom Nilsson, som hade skjorta med slips och kavaj.

"Så där kan du ju inte se ut!" utbrast Rolf. "Du får åtminstone ta av dig slipsen. Det är ju för tusan semester."

”Det är en stor dag för mig, så det är”, sa Nilsson. ”Jag behåller slipsen på så länge jag befinner mig inom fäderneslandets gränser.”

På perrongen fanns även Albin med sin mamma för att vinka av de äldre medlemmarna i Handskeryds grå pantrar. Stickan hade de lämnat kvar hemma, de var osäkra på hur han skulle reagera när han såg husse försvinna upp på tåget och lika osäkra på hur husse skulle reagera när han såg Stickan.

Resan med flygbuss och Limhamn/Dragör-färjan gick geschwint och på Kastrup väntade guiden, som hjälpte oss med bagaget. Efter ett par timmars väntan i avresehallen hade vi i samlad tropp tågat ombord på planet.

Så summerar jag den senaste tiden där jag sitter och smälter måltiden och ölen på flyget. Nu sträcker Nilsson på sig efter sin tupplur. Efter att ha suttit tyst en stund säger han.

”Du Joel, som jag förstått det växte du upp i ett litet samhälle i Västergötland under precis lika enkla förhållanden som jag, fast jag i en stad. Men hur kom det sig att du vågade ta steget att lämna din hemtrakt och skaffa dig en utbildning? Och hur kom det sig egentligen att du hamnade just i Nässjö?”

”Nån gång måste du berätta om detta för mig.”

”Och du, tack ska du ha för att du lyssnade på mig den där dan på Skogskyrkogården.”

SLUT

Efterord

Handlingen utspelar sig i stadsdelen Handskeryd i Nässjö samt i det lilla fabrikssamhället Sandhem mellan Mullsjö och Falköping.

Huvudpersonen Joel bär likheter med min far då han var 80 år gammal, men lika mycket med mig och mina manliga vänner, alla idag jämgamla med Joel. Personerna i Joels bekantskapskrets är helt och fullt uppdiktade, liksom händelserna och miljöerna kring den gamle Joel. Olofs morbrors stuga har aldrig funnits.

Joels minnen från barndomen och uppväxten, liksom beskrivningen av levnadsförhållandena i början av förra seklet, är hämtade från bandinspelningar som min far lämnade efter sig. Här har jag försökt hålla mig till hans egna berättelser, men förstås tagit mig friheten att tänka mig in i hur samtalen utspann sig och hur dåtidens människor tänkte och tyckte.

Malmö i mars 2025
Lars Matsson